wishtree
許願樹

Katherine Applegate
凱瑟琳・艾波蓋特——文
Charles Santoso
查理斯・聖多索——圖
黃筱茵——譯

目錄

獻給
初來乍到的新朋友
以及
溫暖迎接的人們

與樹不同

通曉言語的橡樹
只對古老的人們說話。
其實任何一棵樹
都願意與我交談。
我將樹告訴我的真理
一一貯藏。
然而那些自顧自說個不停的人
還有那些無法傾聽的人，
永永遠遠無法從任何一棵樹的唇中
聽見任何一個音節。

——瑪莉・嘉露蓮・戴維斯（Mary Carolyn Davies, 1924）

1

你很難有機會跟樹說話，因為我們不愛閒聊。

那不代表我們沒辦法做出神奇的事，那些人類也許永遠辦不到的事。

當軟綿綿貓頭鷹寶寶的搖籃。撐住其他脆弱的樹木，當幼苗成長的堡壘。行光合作用。

可是跟人類說話？我們不愛。

只要試試有沒有辦法讓一棵樹講個笑話，你就知道了。

樹確實會跟某些傢伙說話，但只限於我們覺得可以相信的對象。我們跟膽子很大的松鼠說話，跟努力工作的蟲子說話，也跟華麗的蝴蝶、害羞的蛾說話。

鳥兒呢？很討人喜歡。青蛙哩？愛生氣，可是心腸很好。蛇啊？超愛嚼舌根。

其他樹怎麼樣？我從來不曾討厭任何一棵樹。

呃，好吧。其實我對街角那株楓樹有點意見。總是嘰哩呱啦、嘰哩呱啦，沒完沒了，那棵樹。

所以我們跟人類說過話嗎？真正的交談，那種「最人類」的技能？好問題。

畢竟樹與人類的關係相當複雜。人類上一分鐘還在擁抱我們，下一分鐘卻把我們變成桌子或壓舌板。

也許你會納悶，上生物課或自然課時，老師從來沒提過樹會講話呀，只是說些大自然之母是人類的朋友之類的。

不要怪你的老師。也許他們根本不曉得樹會說話，畢竟大部分的人類都不知道。

儘管如此，如果在某個感覺特別幸運的一天，你站在一棵看起來特別友善的樹旁，不妨認真的傾聽一下。

樹不太會說笑話。

可是，我們很會說故事。

如果你還是只聽得見樹葉沙沙作響，別煩惱，因為大部分的樹都很內向。

2

順便告訴你，我的名字叫「紅」。

我們也許曾經見過？還記得小學校園旁的橡樹？那一棵很大，又不會太大的樹？夏日舒爽的樹蔭，秋日美好的色澤？

我可以很驕傲的告訴你，我是一棵歐洲紅橡樹，也就是櫟樹。光是在這附近，就有好幾百又好幾百棵，我們縱橫交織的鬚根扎在土壤裡，彷彿承接著任務。

我長著帶有螺旋線、紅灰色的樹皮，尖尖的皮革狀樹葉，固執、愛探索的鬚根。還有，不是我自誇，到了秋日，我會為整條街道帶來最迷人的色彩。用「紅」還不足以形容。到了十月，我看起來就像著火一般。每年秋天，消防隊沒有拿水柱噴我，還真是奇蹟。

所有紅橡樹的名字都叫「紅」，聽到這裡，你可能會很驚訝。

同樣的道理，所有糖楓樹都叫「糖」。所有杜松都叫作「杜松」。然後所有福桂樹的名字都叫「福桂」。

樹的世界就是這樣。我們不需要太多名字來區分彼此。

想像一間教室，要是每個小朋友都叫「馬文」。可憐的老師每天早上試著點名，那有多慘。

樹不必上學，還真是件好事。

當然啦，也有例外。洛杉磯某個地方，就有某一棵棕櫚樹堅持要取名叫作「命運」，你也曉得，加州來的就是這樣。

3

我的朋友叫我「紅」，你也可以這樣叫。不過，長久以來，這附近的居民一直都叫我「許願樹」。

這是有原因的，得一路回溯到很久以前，那時候，我還只不過是一顆胸懷大志的小小種子。

說來話長。

每年五月的第一天，鎮上的人們都會從四面八方湧入，在我身上裝飾各式各樣的紙片、標籤、形形色色的布料、一截一截的紗線，有時候甚至還有

運動襪呢。每個小東西都代表一個夢想、一個願望、一個希望。

不論是掛上來、拋上來，還是打了結的，全部在盼望什麼變得更好。

許願樹的歷史既光榮又悠久，早在好幾世紀以前就存在了。愛爾蘭有很多許願樹，通常是山楂樹，偶爾也會有白蠟木。不過，世界各地都有類似許願樹的傳統。

人們來拜訪我時，大多很和善。他們似乎明白如果結打得太緊，我可能會沒辦法好好生長。他們對我新生的葉子非常溫柔，小心翼翼的對待我露在外頭的鬚根。

人們在碎布或紙片寫下願望以後，就綁在我的枝芽上。通常還會開口說出心裡的願望。

依照傳統，人們只會在五月的第一天許願，可是其實一整年都有人來到我身旁。

唉呀，我聽過的願望包括：

希望有一塊會飛行的滑板。
希望世界上沒有戰爭。
希望一整個星期都萬里無雲。
希望擁有全世界最大的棒棒糖。
希望地理考試優等。
希望珍托里尼老師早上不要那麼容易發脾氣。
希望我的沙鼠會講話。
希望爸爸恢復健康。
希望不要常常覺得肚子餓。
希望不要這麼寂寞。
希望知道自己該許什麼願望。

如此多願望。有的重要，有的傻氣，有的很自私，有的很甜蜜。

真榮幸，我疲憊衰老的支幹，承接了所有的希望。

雖然，到了五月的尾聲，我看起來就像被什麼人從頭上倒了超大桶的垃圾堆。

4

你可能早就注意到，我比大多數的樹都愛說話。說話對我來說也是新鮮的體驗，我還在摸索訣竅。

儘管如此，我向來明白如何守護祕密。如果你是一棵許願樹，自然會懂得什麼時刻該謹慎以對。

人們對樹說出各式各樣的事。他們知道樹會傾聽。

這不代表我們有選擇。

此外，你聽得愈多，就學得愈多。

邦加兒說我愛管閒事，我想她的話自有道理。這隻烏鴉是我最好的朋友，打從她還在斑斑點點的蛋裡琢呀琢，想破殼而出的時候，我就已經認識她了。

有時我們也會意見不合，不過所有的朋友不都是這樣嗎？不論物種。我這輩子已經看過好多令人驚訝的友誼，像是小馬和蟾蜍、紅尾鵟[1]和白足鼠、紫丁香和帝王蝶。雖然他們也不時會鬥鬥嘴，全都一樣。

我總是說，以這麼年輕的鳥兒來說，邦加兒實在是太悲觀了。

邦加兒總是說，以這麼老的樹來說，紅實在是太樂觀了。這是真的。我是樂觀主義者。我喜歡用比較長遠的眼光看待生命。我這麼老了，看過好事，也看過壞事，而且好事遠比壞事要多太多了。所以，邦加兒和我都同意，朋友難免會有摩擦。那樣很好。畢竟，我們很不一樣。

舉例來說，邦加兒就覺得樹取名字的方式太荒謬了。依烏鴉的傳統，邦加兒在第一次飛行後選擇自己的名字。不過，那不一定是她唯一的名字。烏鴉總是興致一來就改名。邦加兒的表哥基茲摩就換過十七個名字。

有時候烏鴉會取人類的名字，像是名叫「喬」的烏鴉就比我見過的晴天還多。有時候，他們受到什麼東西吸引就會用來當作自己的名字，比如說

1 紅尾鵟：「鵟」音「ㄎㄨㄤˊ」，鷲鷹科，是一種體型壯碩的猛禽，肉食，喜歡吃野兔和野鼠等小型動物。

「易開罐」、「棗子」、「死老鼠」。烏鴉也會用各種特技飛行的方式來為自己命名，例如「側翻」、「死亡螺旋」。或者是用「茄子紫」、「甲蟲黑」這類喜歡的顏色。

還有的烏鴉會用自己喜歡發出的聲音來取名字（烏鴉是模仿聲音的高手）。我遇過「風鈴」，還有「十八輪大卡車」和「碎碎念計程車司機」，還有幾隻名字實在不怎麼好聽，就不提了。

街尾那邊住著一個熱血沸騰的搖滾樂團，由四位中學生組成。他們就在車庫裡練習，用手風琴、低音吉他、法國號，還有邦加鼓。

這支樂團從來沒有在車庫以外的地方演奏過，可是邦加兒很喜歡坐在屋頂上，隨著他們的音樂擺動身子。

5

樹跟烏鴉不一樣的地方，還不只名字。

有些樹是雄性，有些是雌性。還有一些樹，跟我一樣，兩者都是。

我知道這很令人困惑，不過自然界時常如此。

你可以叫我小姐。也可以稱我為先生。怎麼樣都行。

這些年來，我知道植物學家（也就是那些整天研究植物的幸運靈魂）使用「雌雄異株」這個詞，來稱呼像冬青、柳樹這類可分為雄性和雌性的樹。

另外，還有很多其他的樹，就像我，被稱為「雌雄同株」。那只是一種比較花俏的說法，意思是在同一株植物身上，可以同時找到雄性和雌性的花朵。

這也表示：樹木的生命遠比你們知道的有趣太多了。

6

樹和烏鴉還有個共通點，事實上，整個自然界都是如此，那就是——我們遵守「不跟人類說話」這個規則。

這是為了保護我們自己。理論上來說。

我常常納悶，無止盡的沉默到底是不是好主意。有多少次，我好想放聲開口、當場介入，甚至去幫助人類。可是，我從來沒有說出一個字。因為世界一直就是這樣運作的。

我曾經說溜嘴嗎？當然啦，誰都會犯錯。

去年，我聽說有隻名叫「蒼蠅」的青蛙在郵筒裡打瞌睡（青蛙都用愛吃的蟲子為自己命名）。郵差打開郵筒時，「蒼蠅」瘋狂的呱呱叫，跳了出來。郵差就昏倒了。

郵差醒來時，「蒼蠅」不斷向他道歉，就蹲在他的額頭上。

很顯然的，這件事違反了「不跟人類說話」這個規則。

可是一如往常，這個事件很快就被遺忘。畢竟郵差十分確定青蛙不會講話。「我只是幻聽罷了。」郵差對自己說。

有趣的是，那位郵差在青蛙事件不久後就退休了。

不管怎麼說，想想看，樹、青蛙、水獺、鷦鷯、蜻蜓、穿山甲，還有自然界所有生物的數量如此龐大，你一定會覺得，人類怎麼可能沒發現我們的小祕密。

不過我又能說什麼呢？自然界變化多端，而人類……這個嘛，很抱歉，多數人並不怎麼觀察入微。

也許你會好奇，忍不住懷疑樹木到底怎麼說話。這麼一想，你可能發現自己正在望著一棵美國黃松，或是白楊木，或是楓香，想解開這個奧祕。

人類運用肺部、喉嚨、聲帶、舌頭與嘴唇，細緻的發聲系統結合呼吸吐納與肌肉運動，宛如創造交響曲。

此外，人類還有很多其他表達的方式。揚起眉毛、難忍的咯咯竊笑、擠到眼角的眼淚，這些都是人類表達自我的方式。

對樹來說，溝通這件事既複雜又神奇，就跟人類一樣。我們用一陣神祕的陽光、糖、水、風，還有土壤之舞，搭建隱形的橋梁與世界連結。

青蛙也有自己建立聯結的方式。狗兒也是。蠑螈、蜘蛛、大象和老鷹，全都一樣。

那麼，樹木究竟如何說話呢？那是只有我們知曉，而你們必須自己理出頭緒的事。

大自然也喜歡保持神祕。

7

順便告訴你唷，我不只是一棵樹，我還是一個家、一個社區。

大家都在我的樹枝上築巢、在我的鬚根間掘洞、在我的葉子上面下蛋。還有我的樹洞。像我這樣已經活了很久的老樹，樹幹或樹枝裡有些空心的洞並不稀奇。

有的洞小到可以供小小的山雀居住，或是一家子的白足鼠。有的洞還大到足以容納一頭心胸開闊的熊。

當然，我是住在城市裡的樹。除了泰迪熊，這裡沒有什麼熊。可是，我接待過為數甚多的浣熊、狐狸、臭鼬、負鼠和老鼠。有一年，我身上甚至住了一戶可愛又十分和氣的刺蝟家族。

我也曾經守護某個人類。

說來話長（這類故事實在太多了，就跟松鼠貯藏橡實一樣的道理）。樹有中空樹洞的原因很多，例如啄木鳥、樹枝掉落、閃電、疾病、挖洞的昆蟲。

以我來說，我有三個空心的洞。兩個中等大小的洞是啄木鳥造成的。最大的洞是我還小的時候出現的傷痕。某次東北風吹襲時，潮溼的冰雪壓壞了我一根很大的樹枝。那是個大傷口，很難痊癒，那一年，我春天的葉子很不好看，到了秋天則是十分蒼白（坦白說，那時我難堪極了）。

不過，我最後痊癒了，那個樹洞則是在昆蟲幫助下變得更大。現在，離地大約一百多公分左右的高度，有一個很深的橢圓形樹洞。

樹洞提供保護。可以睡覺、可以貯藏，是個安全的地方。

樹洞也證明了壞東西有可能變成好東西，只要給予足夠的時間、關心，還有希望。

要當其他生物的家並不容易。有時候我感覺自己就像一座住了太多居民的公寓。而且這裡的居民們並不總是和睦相處。

儘管如此，我們還是能讓一切好好運作。自然界往往有施也有得。啄木鳥啄我的樹幹，同時也會吃掉討厭的害蟲。草地幫土壤降溫，同時也與我爭奪水分。

每到了春天，新居民、老朋友，還有更多新的循環。這個春天有特別多的動物寶寶誕生。今年，我是貓頭鷹幼鳥、負鼠寶寶，還有浣熊小不點的家。臭鼬小朋友們也定時來拜訪我，他們就住在附近一間屋子的前廊底下。

真是前所未有。我從來沒有在同一個期間照顧過這麼多寶寶。過去不曾出現這種情況。動物需要自己的空間，喜歡自己的領土。靠得太近一定會引起爭執。像是誰誰誰的鳥巢遭小偷了，或是誰和誰在午夜開戰了，都有可能發生。

當然，還是會有一些衝突。不過，我已經很清楚的宣告，我當家時，誰也不准吃掉自己的鄰居。

我有這麼多的陪伴，一點兒也不覺得擁擠。

當一個提供安全的庇護所，也不失為一個過日子的好方式。

8

還有一個住在這個社區的居民「莎瑪」，或許用「訪客」來稱呼她比較適合。

一月，莎瑪跟父母一同搬進我遮蔭的其中一間屋子，那間小巧的藍色屋子有門廊，以及整潔的花園。她大約十歲，眼神看來小心翼翼，帶著害羞的微笑。

莎瑪有那種已經看過太多世事的神情。像是某個希望世界能自己安靜下來的孩子。

搬來不久，莎瑪開始在父母睡著後，潛入庭院裡。就連在最寒冷的夜裡，她也會穿著紅色靴子和綠色夾克，拖著腳步走到外頭。她呼出的空氣彷彿一層像霧的薄紗。她會望著月亮，然後盯著我，有時候，也會盯著隔壁的綠色小房子，那裡住著一個看起來與她年紀相仿的男孩。

隨著天氣回暖，莎瑪會冒險穿著睡衣溜出來，在地上鋪一塊舊毯子，坐在我的樹下，毯子上灑滿了月光。她的沉默如此絕對，又如此溫柔，樹上的小動物會從薊花和蒲公英絨毛巢穴裡爬出來加入她，好像接受了她為群體中的一員。

邦加兒特別喜愛莎瑪。她會輕輕的飛到莎瑪肩膀上，停在那裡。有時候她會發出「哈囉」的聲音，唯妙唯肖的模仿莎瑪。

邦加兒時常會把她在白天飛行裡找到的小禮物送給莎瑪。像是：地產大亨桌遊的配件（車子）、金色的髮帶，或是麥根沙士的瓶蓋。

邦加兒在我其中一個比較小的中空樹洞裡，儲存了一堆雜七雜八的東西

（負鼠很好心的容忍她的行徑）。「你又不知道什麼時候需要賄賂誰。」她很喜歡這麼說。

可是邦加兒給莎瑪的禮物才不是什麼賄賂，而是她表達「真高興我們是朋友」的方式。

如果這是童話故事，我會告訴你莎瑪身上有一種魔法，她能在動物身上施展咒語，說不定是這樣。否則動物不可能主動離開巢穴或地洞，他們害怕人類，而那是有原因的。

但這不是童話故事，也沒有什麼咒語。

動物相互競爭資源，就跟人類一樣。吞噬彼此，搶奪主控權。

大自然並非永遠美麗、公平或好心。

可是有時候會發生讓人驚訝的事。每個春天夜晚，莎瑪都提醒了我，沉靜裡存在著美麗，接納中有一種優雅。

還有，無論活得再老，驚奇未曾遠離。

9

我很高興莎瑪一家能加入這個社區。這裡已經很久沒有新來的人了。可是我知道，隨著時間流逝，他們也會落地生根，就跟許多從其他地方來的許多其他家庭一樣。

畢竟關於「根」，我也是略知一二。

不久前的一個晚上，莎瑪出來找我。時間是凌晨兩點。很晚了，對她來說也是。

她剛剛哭過。臉頰溼溼的。靠在我身上，眼淚就像熱熱的雨。

她手裡握著一小塊粉紅色的碎布，上面有小小的斑點。這塊布上寫了些什麼。

我並不驚訝她知道許願樹的傳統。我算是地方上的知名傳說。這是一個願望。這幾個月以來，我看到的第一個願望。

莎瑪站起身來，很溫柔的將我最低的樹枝向下折彎，然後綁一個鬆鬆的結，將布掛好。

「我希望，」她輕聲說：「希望有個朋友。」

她瞥向那間綠色的屋子。在樓上的窗簾後，一個影子移動了。

然後，莎瑪走回小小的藍色屋子裡。

10

如果你超過兩世紀的時間都站著不動，身旁的世界卻呼嘯而過，總有些事情會發生。

大致來說，無疑的，我的生命圍繞著好事。我的葉子為來野餐或求婚的人們提供遮蔭。人們在我的枝幹下互許誓言，或修補破碎的心。有人來這裡睡午覺，有人在此編織夢想。我看過人們試圖往我身上攀爬，也聽過人們編織故事。

還有笑聲！永遠永遠繚繞的笑聲。

不過，有時候，也會有些不那麼好的事情發生。我學到的是：那些時刻，除了筆直站穩，向下扎根，你能做的其實並不多。

舉例來說，我曾經被砍、被刻，被當作射擊練習的靶。我曾經缺水，被修剪得零零落落、面目全非、被施肥和過度關心，也曾經被忽視和澈底遺忘。我曾被閃電劈過，也曾被冰雹擊打。

更別提斧頭、鋸子、疾病和昆蟲的威脅。

我忍受了松鼠的利爪，以及啄木鳥惱人的啃啄。貓往我身上爬，狗在我身上做記號。跟人類一樣，我也會感受到疼與痛。去年，我感染了蟎害，幾乎快要瘋了。我的葉子起泡、身上有煙煤，引發了橡樹枯萎病、葉焦病。這所有的一切我都經歷過、承受過。

儘管如此，樹木在某方面來說，還是比人類幸運。成年的樹大部分是由不再具有生命性的木質細胞構成，只有百分之一的細胞，在任何時刻都活動著。因此，這讓我比人類更強韌。

所以，是的，我見過許許多多事。誰曉得呢？說不定我將見證更多。我可能活到三百歲，甚至很有可能活到五百歲。紅橡木的壽命很長，比嬌貴的黑柳樹、柿子樹、蘋果樹，還有紫荊都長。

話雖如此，莎瑪流著眼淚許願後幾天，發生了某件事，讓我不禁懷疑，自己是不是真的看得太多了。

11

那天早晨，初苞綻放，我正等待溫暖降臨。街道遠方，一個瘦瘦高高的男孩在停車標誌旁徘徊。

他的頭壓得低低，身體拱得彷彿是被風吹折的野草。他右手上有什麼東西閃著亮光。一件工具？也許是一枝筆？

他露出微微的笑，好像講了個笑話給自己聽。說不定是只有他自己才懂的笑話。

我經常見到失神的想著什麼的人類，他們自言自語、咧嘴笑，或是皺著眉頭。他跟這些人沒什麼不同。

我跟邦加兒聊天聊到一半，她剛巧說到我應該還要再多加一歲，精確說來，是兩百一十六圈年輪才對。

「又是長新芽的一天，」我說：「我感覺自己就像新生的樹苗。」

「你看起來最多只有一百五十歲。」邦加兒回答：「你是這一區中長得最好看的樹。」

「我真的，」我停頓一下，製造喜劇效果，「老到快要頂到天空囉。」

停在我最低的枝芽上，邦加兒嘆了一口氣。那是毫無疑問的烏鴉嘆氣，聽起來就像一個身形嬌小、胡思亂想的老人胡亂呻吟。

「樹的幽默啦，」我解釋，以免邦加兒錯過這個笑點，不過，她當然懂，邦加兒從不錯過任何事。「因為，妳知道的呀，我高得要命。」

「真的嗎？紅？」邦加兒伸展四肢，接著欣賞自己光彩熠熠、藍黑色的翅膀。「這是你今天早上最好的笑話嗎？」

「要不是妳對身高這麼敏感，會更懂得欣賞我的笑話。」我揶揄。

「鴉科動物才不在意身高哩，」邦加兒說：「聰明、靈巧、機智、詭計多端——這些才是我們稱霸森林的原因。」

「鴉科動物」是稱呼烏鴉、松鴉、喜鵲這類鳥兒的花俏說法。邦加兒說自己太優雅了，不適合「烏鴉」這麼通俗的名字。

一陣輕風搔了搔我的樹枝。春天，總是這麼調皮搗蛋，以此來告訴我們日子即將變得更溫暖。

「事實上，」我說：「妳長多大根本沒關係，邦加兒。我們本來能長多大，就注定長得多大，那是我們的種子在很久很久以前就決定好的。」

「紅，一大早就講那麼多睿智的老樹長談，吃不消啦。」邦加兒溫柔的啄了我一下。「我的朋友，你說得對，不用在意身高。」一陣朦朧，她飛向一根遠比我的樹蔭還高的電線桿。「只要能飛，根本都沒有關係。」

幾乎在同一時間，住在藍色房子的莎瑪和住在綠色屋子裡的男孩史蒂芬

各自踏上了前廊。兩個人都背著書包。

兩個人看起來都迫不及待的迎向今天。

他們的目光相會。史蒂芬點點頭（只有那麼一瞬間），莎瑪也點頭回禮。嚴格說來，那並不是打招呼。只是確認彼此的存在。

史蒂芬跑向街尾的小學，莎瑪卻猶豫了。「哈囉。」她輕輕說出聲音。

馬上，邦加兒就回答：「哈囉。」跟每天早上一樣，邦加兒模仿的聲音聽起來就像莎瑪。

邦加兒也能發出低音號、吉娃娃，以及響亮的警車汽笛聲。

莎瑪抬頭看著邦加兒，露出了笑容，然後走向學校。

接下來，邦加兒發出沙啞又興高采烈的鴉啼聲，出發去等候即將到校的小朋友。她是那裡的常客。每個人都認識她。邦加兒很喜歡逗小朋友，小朋友也很喜歡被她逗著玩。

邦加兒尤其喜歡解開鞋帶。小朋友忙著重新綁好時，她就會叼走他們午餐袋裡的點心。

偶爾，她會有禮貌的提出請求，她會說：「洋芋片，拜託！」、「才不呢！」或「你最棒了！」

望著邦加兒翱翔，我不只一次想起我那向四處延伸的鬚根。飛翔是什麼感覺？挖土、游泳呢？全力馳騁呢？

那一定很開心吧，毫無疑問，純粹的喜悅。可是，我不曾想過用任何一根小鬚根來交換。

愛自己，真是美好的贈禮。

12

這時，那個瘦瘦高高的男孩已經走到我身邊，轉過身去，又掉頭回來。我越過他的肩膀張望，只見他踏上了包覆我鬚根的咖啡色草皮。

空氣改變了，是人類在附近時那種顫抖、擾動，不同的化學成分，躁動的熱氣，一種人類的氣味。

然後，事情發生了。

他將手裡的物品刺進我的樹幹。

速度很快。很刻意。

他再度看看周圍。一位年長的女士一面穿越街道一面對他微笑，接著搖搖頭。說不定她正在想：「多麼甜蜜呀。我敢打賭那個少年正在刻一顆心，裡頭有某人姓名開頭的字母。噢，青春的愛戀！」

人們常有一種印象，以為樹不介意被刻字，尤其是刻愛心。

容我正式宣布：我們介意。

我以前從沒見過這個男孩。他塊頭很大，也許是高中生。我可以感覺樹誕生了幾年，有時候甚至連幾個月、幾天我都知道，但是，我很難判斷人類的年齡。

當然，我並不曉得他刻了什麼。可是從他手移動的那種堅決，我知道那是要用來製造傷害的。

他不是要傷害我。不知為何，我感覺得到那不是針對我。我只不過是他的畫布而已。

話雖如此，被刻絕對不是什麼好玩的事。樹皮就是我的皮膚，我在世上的保護。任何傷口都會讓我更難抵禦疾病和昆蟲。

我想大聲喊停！或說些什麼。任何話都好。

可是我當然沒有。那不是我們表達的方式。

樹注定要傾聽、觀察，要承受一切。

他很快就完工了。他往後站，欣賞自己的作品，輕輕點了一下頭，就離開了。他走開的時候，我看見他緊緊握住拳頭裡的工具。

是一把小小的、有黃色把手的螺絲起子。

就跟小樹枝一樣細，跟草地鷚[2]一樣明亮。

2 草地鷚：鷚音「ㄌㄧㄡˋ」，雀形目、擬黃鸝科，背上和羽翼是白底與褐、黑條紋，喉部至胸部為鮮黃色。

13

邦加兒第一個發現我出了什麼事。

她降落在我樹幹底部，頭仰得高高的。拋下嘴裡的洋芋片，叫喚著：「我只不過放你單獨個幾分鐘，這會兒怎麼了！到底怎麼回事？」

「好像有人把我當成南瓜了，」我說。她沒有笑，所以我又補充：「你知道的，我被刻了。」

「紅，告訴你一百萬次了，試圖去描述也不會讓事情變得比較好玩。」

邦加兒飛到我最低的主枝幹上（我最大、最粗壯的枝幹之一）。她看看我的傷口。「會痛嗎？」

「跟妳痛的方式不同。樹在那方面不一樣。」

「我得做些什麼。」邦加兒說。

「不用啦。」

「很嚴重耶。我想幫忙。你是睿智的老樹。告訴我該怎麼做。」

「邦加兒，真的。時間會撫平所有的傷口。」

邦加兒討厭我跟她講大道理。她翻了個白眼（至少我覺得是。很難看出烏鴉是不是在翻白眼。他們的眼睛就像早晨的黑莓般黝黑，而且像露水般溼潤）。

「希望他沒有毀了我的樹皮，」我說：「那是我最寶貝的地方。」

「沒有毀了，只是加了一點裝飾，就跟人類的刺青一樣。」邦加兒輕輕用鳥喙推推我。「告訴我是誰幹的。我要逮到他。我半夜會對著他的窗戶嘎嘎叫。我會俯衝轟炸，拔掉他的頭髮。」她拍動翅膀。「不！還不夠！我要在他頭上投擲便便。每天都送，送他一整年便便！」

我沒問是哪種便便。我滿確定自己聽懂她的意思。

「邦加兒，親愛的，」我說：「沒必要。」

邦加兒不斷換腳站，她想事情時總是這樣。「你知道，」她說：「許願日快到了。也許那個人在許願。只是他的方法可悲又扭曲。」

「又一個許願日，」我重複道。我們好像才剛過完一個許願日呀。一年已經來了又走嗎？日子流逝的方式，就像雨滴撒入河流。

「又一個回合，」邦加兒說：「貪心的人類向你喋喋不休。」

「又一個回合，滿懷希望的人們祈求更美好的事物。」我糾正她。

許願日對我和我的居民向來是辛苦的日子。動物和鳥兒一到這天就會離得遠遠的，避免好奇的手和拍不完的照片。

不過，那只有一天而已。我了解許願的歷史，以及我扮演的角色。我知道人們充滿了渴望。

有個媽媽，正猛拖著一個孩子沿著人行道走過，看到我的樹幹時，她頓時僵住了。

「媽咪，上面寫什麼？」小女孩問，女孩手上緊緊抓住狗娃娃髒兮兮的尾巴。

這位媽媽沒有回答。

「媽咪？」

她們經過了草坪。媽媽靠近我身邊，最後終於說：「上面寫著『滾開（LEAVE）』。」

「是指樹上的葉子嗎[3]？」女孩問。

那個媽媽溫柔的用食指拂過我的刻痕。「也許吧，」她回答：「也許是

3「leave」這個英文單字有許多意義。當動詞時，表示「離開」、「走開」等。當名詞時，則是指「葉子」。

LEAVE

那樣。」

她望向我附近那兩間屋子，搖搖頭，將小女孩的手握得更緊。「希望是那樣，我們來許願吧。」

14

那兩間屋子。我的屋子。

一間漆成藍色。一間漆成綠色。

一間有黑色的門。另一間有咖啡色的門。

一間有黃色郵筒。另一間有紅色郵筒。

超過一世紀，我一直盯著這兩間房子。整整齊齊、恰如其分。一樣的小巧玲瓏，一樣的方方正正，同樣的斜屋頂和矮墩墩的磚造煙囪，宛如手足。

打從這兩棟房子在某位建築者的眼裡發出微光以前，我就在這裡了，就在正中心。倘若我的鬚根延伸的範圍超過分隔兩屋的地界，這個嘛，我不擔心。鬚根本來就沒辦法控制。我的鬚根探索了兩間屋子下的土壤，在管路底下盤根錯節，穩固了地基。

我公平的延伸了我的樹蔭，樹葉也平均掉落，就連襲擊兩邊屋頂的橡實數量也相同。

我才不玩誰比較愛誰那套。

多年來，許多家庭稱這裡為「家」。這裡住過他們的嬰孩、少年與少女，祖父母與曾祖父母。他們講中文、西班牙語，約魯巴語[4]、英語，還有克里奧爾語[5]。他們吃塔馬利[6]、印度水餅、點心、馥馥白糕[7]，還有古巴風的烤起司三明治。

不同的語言、不同的食物和不同的風俗。我們的社區就是這樣：狂野、錯綜複雜，色彩繽紛。就像是最棒的花園。

幾個月前，一個新的家庭——莎瑪家，租下了藍色的屋子。他們來自一個遙遠的國度。他們的生活方式與眾不同。他們的語言裡彷彿有新的韻律。

看起來，這就如同在一個多彩紛呈的花園裡，多了新移植的另一株植物。只是這一次，有什麼事情不大一樣。

空氣裡充滿不安。綠色房子裡的父母並不歡迎新來的一家人。一開始，大人之間還會客氣的點頭招呼，但是接下來，就連那些東西都消失了。

還發生了其他事。有人對藍色屋子丟生雞蛋。一天下午，一輛車經過，車上滿載著憤怒的男人，這些男人生氣的大吼，像是「回教徒，滾出去！」這類的話。有時候，莎瑪走路回家時，還尾隨著一群恫嚇她的小孩。

---

4 約魯巴族的語言，他們原本主要居住於西非，因為十五、六世紀的奴隸貿易，加上近代的戰爭避難潮，許多約魯巴族人移居到古巴、巴西、北美等等地方。

5 「克里奧爾語」是非洲留尼旺島經常使用的語言，是一種法文與當地語言的混合語。

6 中美洲傳統食物，用葉子包裹的玉米粉蒸肉，又稱「墨西哥粽」。

7 源自中、西非的一種主食，通常是用木薯製作。

我深愛著人類。

可是……

長了兩百一十六圈年輪，我還是不懂人類在想什麼。

我們的社區歡迎過許多來自遠方的家庭。這次又有什麼不同？因為莎瑪的媽媽總是包裹著頭紗嗎？還是其他的什麼呢？

當這一切發生時，我本著多管閒事的個性，密切的觀察、聆聽，仔細的凝望。不過我從來沒有介入。樹木是公正的觀察者。我們總是堅強卻沉默。

除此之外，我還能怎麼辦？我雖然有枝葉，但只會搖擺。我有樹幹，但生根在土地上。我有聲音，卻不能使用。

我的能力有限。

結果，後來我才知道，我的耐性也有限。

15

身為社區的許願樹，人們會給我比較多的關注。過不了多久，大家就知道我的樹幹上被刻了難聽的話。人們停下腳步看著我。他們三三兩兩聚集。做出怪表情、搖著頭、竊竊私語。午餐時間，警方抵達了。

不過，話說回來，我對這事其實並不陌生。曾經有兩隻小花貓住在對街。他們很喜歡爬到我最高的樹枝上。不幸的是，他們不喜歡往下爬。過去兩個月，路易斯和克拉克就已經出動消防隊解救兩次，出動警方救援三次。

是上星期才來救小貓咪的兩位警員——珊蒂和麥克斯，他們走出巡邏車外看看我。他們皺起眉頭，搜索草坪，尋找線索，還跟路過的人交談，並且拍了照片。

「邦加兒，」我輕聲說：「現在我是正式的犯罪現場了。」

她不覺得好笑。

法蘭西絲卡——屋子的主人（技術上來說，也算是我的主人）打電話通知警方。她又高又瘦，有短短的鴿灰色頭髮，住在對街。藍色和綠色的屋子好幾個世代都屬於她的家族。

法蘭西絲卡也是路易斯和克拉克（我那兩隻大無畏的貓咪訪客）的主人。

她臉上掛著嚴厲的神情，大步跨過街道，跟警方談話。路易斯和克拉克在她臂彎裡扭來扭去。

「那棵樹，」法蘭西絲卡對珊蒂說，後者正在記事板上做筆錄。「從我有記憶以來，只會惹麻煩。」

法蘭西絲卡向來並不感性。比起樹，她還比較喜歡貓。每個人各有所好。比起貓，我剛好比較喜歡樹。

「噢，可是人們喜歡許願樹。」珊蒂說。她上下打量我。「雖然我能想像，它對妳來說，一定代表增加許多工作。」

「年復一年，在許願日隔天，我都會發誓有天一定會砍掉那個玩意兒。」法蘭西絲卡說。

那是真的。但我知道法蘭西絲卡不是說真的。我已經認識她太久了。

「清理還不是最麻煩的，」法蘭西絲卡繼續說：「是那些願望！實在太瘋狂了！去年有人寫了『希望吃到巧克力義大利麵』，用不掉色的油性筆耶。寫在一組內褲上。還把內褲掛得高高的。」

「巧克力義大利麵，」珊蒂說：「我懂為什麼想要許那個願望。」

「真是瘋了，我說，」法蘭西絲卡瞪著我。「它只是一棵樹呀，不就是一棵樹嘛。」

「只是一棵樹」這句話似乎有點不公道。可是，法蘭西絲卡看起來疲憊又憤怒，所以我試著不要把這句話想成是針對我。

珊蒂闔上筆記本。「關於樹，人們選擇相信他們想要相信的。」她瞪著新刻上去的字。「關於人，也一樣。」

「現在該怎麼辦？」法蘭西絲卡問。

「不知，」珊蒂說：「樹是妳的，不是新來那家人的，而且妳在這裡住一輩子了。」

法蘭西絲卡露出悲哀的微笑。「搞不好，他們希望滾開的人是我……」

他們望著麥克斯在我的樹幹附近圍了一圈黃色的犯罪現場膠帶，還用鐵椿固定。「法蘭西絲卡，我不這麼認為。」珊蒂說。

麥克斯加入談話。他用手輕輕撫摸小貓咪，他們大聲的喵喵叫。「如果妳想要起訴任何人，有個問題，」他說：「這是一棵許願樹。快要五月了，也就是說，人們理所當然會在這留下……願望還是什麼的。很難論斷這不是其中一個願望，妳知道的，這是傳統。」他聳聳肩。「前提是我們得先找出是誰幹的，容我提醒一下。」

「願望應該寫在布條或紙片上，而不是刻在樹幹上。」法蘭西絲卡說：「那就是為什麼以前在愛爾蘭，人們管這些樹叫作『破布樹』。現代人只會在某根樹枝上綁個小卡片，然後寫上瘋狂的願望。」她聳聳肩，「不管怎麼說，『滾開』都不是什麼心願，而是一種威脅。」

「當然。」麥克斯表示認同。

法蘭西絲卡點點頭，望著通往兩間屋子那條滿是裂縫、彎曲變形的走廊。「還有一件事，不管這是不是許願樹，這棵橡樹一直在搞破壞，侵蝕管線。還有清不完的鬚根。」她搖搖頭。「或許是時候該砍掉這棵樹了。再也不必掃落葉。再也沒有亂七八糟的許願日。再也不會有這種……壞心眼的留言。」

路易斯掙脫法蘭西絲卡的掌控，衝向我的樹幹。珊蒂及時抓住了他。

LINE DO NOT CROSS POLICE LINE DO NOT CROSS
LINE DO NOT CROSS POLICE LINE DO NOT

「我們這一、兩天就會結束調查，從此不再煩妳，」麥克斯說：「然後妳就可以自己決定要怎麼處理。」

「你們知道嗎，」法蘭西絲卡說，從珊蒂手裡接過路易斯。「我爸爸好多年前，差點就要砍掉這棵樹。是我媽不答應。說是家族傳說還是什麼的吧。心軟的無稽之談。」她嘆了一口氣。「我猜，現在就看我怎麼決定了。」

「這段期間，如果又發生什麼事，請讓我們知道。」珊蒂建議。

法蘭西絲卡走過草坪，把小貓咪抱在懷裡。「『滾開』，」她喃喃自語。「這是什麼世界呀，我們到底住在什麼樣的世界呀……」

16

如果你是一棵樹，一定會特別注意「砍掉它」這種句子。

法蘭西絲卡以前也這樣暗示過，可是每次都只是在特定時刻說出的玩笑話，像是在漫長的十月下午把我剛落下的葉子掃成一堆小山，或者在特別混亂的許願日，或是赤腳踩到我的橡實時。

我對走廊的事感到很愧疚。這件事算是意外傷害。要存活下去，我需要幅員廣闊、蔓延的鬚根。而鬚根可是強壯到令人驚訝。

「你聽到了嗎？」邦加兒問道，一面看著法蘭西絲卡走進屋子裡。「這次她聽起來是認真的。」

「我以前就聽過了。」我說。

「不幸的是，寶寶們也都聽見了。」邦加兒說。

邦加兒稱呼所有新住進來的幼兒為「寶寶」，她假裝對他們那些滑稽的行為生氣，可是，我了解她。

「你聽聽。」邦加兒催促我。

千真萬確，臭鼬寶寶們在隱藏於門廊底下的巢裡哀嚎。「媽媽，可是我們好喜歡紅唷！」其中一隻臭鼬寶寶哭著說。

「噓，」他們的媽媽（名字是「剛出爐的麵包」）斥責。「現在可是大白天，快睡覺，你們是黃昏行性動物耶。」

黃昏行性生物是指螢火蟲、蝙蝠，還有野鹿之類的動物，他們在黃昏或清晨最活躍。

「媽媽，紅不會有事吧？」另一個寶寶問，我從聲音認出來是「玫瑰花辦」在說話。

臭鼬都用某種香氣為自己命名。我不確定這是不是因為他們對自己在外頭的名聲有點自我防衛，還是只是擁有比較特別的幽默感。

「別擔心，」臭鼬媽媽說：「紅才沒那麼容易被砍掉。」

邦加兒看著我。「知道我的意思了吧？」

「噢，親愛的，」我說：「到了今晚，他們一定全都知道了。負鼠、浣熊、貓頭鷹……尤其是小哈洛德，他會抓狂的。」

哈洛德是最小的倉鴞幼雛，是個偉大的戰士。

倉鴞總是取理性、不浮誇的名字。

「我會告訴每個居民，」邦加兒說：「安撫他們。叫他們別擔心。」

「我相信會沒事的，」我說：「我這輩子已經看過太多了。那些煩惱了很久，最後卻沒成真的事，都可以寫成一本書了。」我再度停頓了一下。

「因為，妳知道……書的紙還是用樹做的呢。」

邦加兒發出了尖銳的烏鴉笑聲。甚至沒怪我的笑話太冷。

直到此刻，我才真正開始擔心起來。

17

我牽掛寶寶們對法蘭西絲卡說要砍樹的反應，卻更煩惱莎瑪。等她放學回家，看到刻在我身上的字，會怎麼想？她會認為那是針對她，還有她的家人嗎？就像法蘭西絲卡和警方預設的那樣？

她獨自回家。史蒂芬走在她前面幾公尺的距離。

來自當地報社的記者在人行道等待，採訪走過的人們。這裡的消息總是傳得特別快，尤其是事關警方的黃色封鎖線時。

*請問你看見發生了什麼事嗎？*記者不斷追問。*請問你在許願日當天許過*

願嗎？你覺得「滾開」這個字代表了什麼意思呢？

記者靠近史蒂芬。問他知不知道：為什麼有人會在大家都喜愛的許願樹上，刻下「滾開」這個字呢？

史蒂芬瞪著記者。接著他又瞥向身後的莎瑪，投給她一個悲哀的笑容。他沒有回答記者，直接走向家。

莎瑪的目光從史蒂芬瞟向記者，再瞟向我。她跑近了一點，看見那個字，倒抽了一口氣。她向我伸出手，可是警方的封鎖線擋住了，她沒辦法摸到我。

「妳住附近嗎？」記者問：「妳對這件事有什麼看法？」

莎瑪一個字也沒說。她轉過身去，走上通往小藍屋的臺階，頭仰得高高的。彷彿她也站得直挺挺，向下扎根。

18

當晚大約六點左右，珊蒂和麥克斯回來了。警察敲了敲綠屋子的門，史蒂芬的爸媽來開門，回答了問題。他們搖搖頭、聳聳肩，然後關上門，拉上窗簾。

警察也敲了藍屋子的門，莎瑪的爸媽開了門，回答問題。他們揉了揉眼睛，嘆了一口氣。然後，也同樣關上門，拉上窗簾。

珊蒂和麥克斯回到巡邏車上，珊蒂在我的身邊停了下來。「我在想，我們是不是該許個願，」她說：「這可能是最後一次了。」

「告訴妳我的願望，」麥克斯說：「希望我們不必調查像這樣的事。」

珊蒂拍拍他的肩膀。「別抱太大的期望。」

至於我呢，整個晚上的時間，我都在安慰那些把我當作「家」的父母親和他們的孩子。當然，他們不只擔心要搬去哪裡。他們很擔心我。

我也很擔心我自己。我不想離開深愛的世界。我想要認識下個春天的貓頭鷹幼雛。我想要讚美街道上，新生的楓樹變得如夕照般火紅時的模樣。我希望我的鬚根能旅行得更遠，我的枝芽能探得更高。

可是，當你熱愛生命，事情就是這麼一回事。我能坦然接受，如果我的時間已經到來，就到來了。我度過了這麼棒的一生，還有什麼可抱怨的呢？

不過，我很擔心寶寶們，他們的父母搶著尋覓新的、安全的地方，好安置他們的鳥巢、挖好他們的洞穴、藏妥為冬季儲存的橡實。

最重要的是——我擔心莎瑪。

我不知道為什麼。或許是因為她讓我深深想起許久以前的另一名小女孩。一個我曾經好好守護過的小女孩。

法蘭西絲卡的曾曾祖母。

我說過。我們已經認識太久了。

19

午夜過了很久以後，莎瑪來拜訪。她穿了一件藍色睡衣，深色鬈髮往後綁成一個鬆鬆的馬尾。她的眼裡有月光。

她停在我的樹幹底下，坐在她的毯子上。她沒有看樹上刻的字，也沒有看裂成一片的月光或藍屋子或綠屋子。她只是靜靜的坐著等待。

需要一點時間。不過每次都會發生。

一隻接著一隻，動物寶寶冒險出來看她。

哈洛德是第一個，他有點笨拙的鼓動翅膀，飛到地面上。接下來，是浣熊家的寶寶——「你」、「你」，還有「你」（浣熊媽媽以健忘出名，所以不曾費心取什麼名字）。然後是負鼠、臭鼬……他們全來了。

莎瑪一動也不動的坐著。寶寶們圍繞著她，一起坐在閃爍的月光下，聆聽我的樹葉沙沙作響。

邦加兒停在莎瑪肩膀上。「哈囉。」邦加兒，用烏鴉的方式模仿莎瑪說話。

「哈囉。」莎瑪說，模擬著方才的回音。

邦加兒發出尖叫聲，莎瑪微微跳了起來。就算邦加兒發出的是最安靜的烏鴉叫聲，其實還是有點刺耳。邦加兒往上飛到我最小的空心樹洞，將頭探進洞裡，尾羽還留在外頭。她嘴裡咬著什麼亮晶晶的東西，回到莎瑪面前的地上，輕輕將一把迷你的銀色鑰

匙放到莎瑪張開的手掌上，鑰匙的一端連接著一條褪色的紅緞帶。

「好美，」莎瑪輕聲說：「謝謝。」

邦加兒把身體往前傾，翅膀敞開，像是在行禮。的確，在烏鴉圈裡，這是在表達深切的情感。

我看過那把鑰匙。是邦加兒從她媽媽那裡「繼承」過來的。烏鴉生長在幾代同堂的大家庭裡，知識代代相傳。其實我一點也不驚訝邦加兒依然保有那把鑰匙，也不訝異她決定將鑰匙送給莎瑪。

在這甜美的平靜中，我身旁環繞著所有我珍愛的事物，有月光、空氣、草地、動物、土壤，以及人類。我揣著一陣心痛想著，我還能品味這樣的時刻多久呢。

同時，我也想著，自己是否已經為我愛的世界付出夠多了呢？我以前也問過自己。可是迫在眉睫的死亡，讓我更專心思考這個問題。

當然，我提供了許多遮蔭。我創造了如海洋般遼闊的氧氣給人們呼吸，也當過無數動物與昆蟲的家。

我已經完成我的工作。畢竟，一棵樹也只不過是一棵樹。就像我告訴過邦加兒的：「我們本來能長多大，就會長多大，那是我們的種子許久以前早就決定好的事。」

話是這樣說沒錯。

兩百一十六圈年輪。八百六十四個季節。可是，還是少了什麼。

我的生命始終如此的……安穩。

樓上綠色屋子裡的一扇窗簾移動了。在窗簾後，隱隱約約可以瞥見史蒂芬，他正望著我們。

我知道他在想些什麼。身為一個好的傾聽者，你自然會明白世界如何運作。

在史蒂芬的眼裡，那天下午他望著莎瑪的模樣，就是我以前曾經見過許多次的東西。

一個願望。

20

莎瑪離開後，我感到惴惴不安。

對一棵樹來說，不安不是什麼有用的特質。

樹總是一丁點一丁點的移動，一個細胞接著一個細胞，鬚根延伸得再遠一點，花苞緩緩碰觸到陽光。有時候我們移動是因為被人類移植到新地點。

如果你是一棵紅橡樹，感覺煩躁不安根本沒有用。

就像我說過的，樹注定要傾聽、觀察，還有承受。可是，就這麼一次就好，與世界道別以前，我能不能不要那麼被動，那到底會是什麼樣子呢？在我身邊展開的故事裡，當個有戲分的演員？說不定，我甚至可以讓事情好轉一點點？

「邦加兒，」我輕聲說：「妳醒著嗎？」

「現在醒了。」她抱怨。

「我有個問題。」

「我明天一大早就回答。」

「友誼是怎麼開始的？」

邦加兒用打呼來回應。

我分辨得出那是假打呼。她真正的打呼大聲到會嚇壞負鼠寶寶。

「我是認真的。」我說。

邦加兒發出呻吟。「我哪知呀。開始就是開始了嘛。」

「可是如何發生呢？」

「朋友會有共通點，」邦加兒說：「就是這樣啦。給你答案了。明天早上見，我的朋友。」

我思考著邦加兒的回答。「可是，真的仔細想想，妳和我到底有什麼共通點呢？」

邦加兒很大聲的呼了一口氣，然後飛到地上。「好啦，我現在完全醒了，真感謝你唷。到底怎麼啦？」

「只是想到什麼而已。」

「換我來跟你說我想到什麼好了，想個沒完是個壞主意，」邦加兒說：「尤其是處在多管閒事模式的話。紅，我是在說你唷。」

「回到我的問題好嗎。我們為什麼是朋友？」

「好吧，好啦好啦。先讓我思考一分鐘。」

邦加兒慢慢沿著我的樹幹繞圈圈，一面思考著。

我好愛鳥兒移動的方式，跟樹一點也不像。我們隨風擺盪，優雅，不疾不徐。鳥類嘛，相反，用輕巧、急促的方式移動。他們的頭如鞭子從一側往另一側甩，彷彿剛剛聽到什麼令人震驚的消息。

邦加兒停了下來。「這個嘛，首先，你是我的家，我是你的房客。」

「可是那不能算是成為朋友的真正理由。有些居民我其實不太喜歡。」

「那隻松鼠嗎？他叫什麼名字？臉歪歪？有口臭的那隻？」

「這不重要啦。」

「我就記得他叫『臉歪歪』，沒錯。」

「邦加兒，」我說：「請妳專心點，好嗎？」

邦加兒抬頭望著我。「我們成為朋友是因為我們是朋友。紅，這樣還不夠嗎？」她的聲音又小又甜美——不像平時那種講重點又愛挖苦的烏鴉語調。

「妳說得對，」我說：「可是如果想讓兩人成為朋友，要怎麼做？」

「也許……讓他們聚在一起，做些什麼吧。可以隨便胡亂聊天，一起笑

一笑。那樣就成功囉。友誼呀。我說得很對吧？」

「嗯。」

「我不喜歡你發出『嗯』這個聲音。『嗯』的時候你就會有什麼想法。」

「邦加兒，妳可以回去睡覺了。謝謝妳陪我聊天，妳真是個好朋友。」

「彼此彼此。」邦加兒飛回她的鳥巢。「嘿，記得要讓我賴床唷。」

「邦加兒？」

「現在又怎麼啦？」

「還有一件事。妳覺得人類為什麼可以對彼此這麼殘酷呢？」

「我們其他動物也不完全是天使呀。昨晚我看到愛格絲一口吞下一隻蜥蜴耶。」

愛格絲，就是跟幼雛一塊兒住在我最高樹洞的倉鴞，她不高興的鼓動雙翼出現了。「嘿，我們總得吃東西吧。邦加兒，真訝異聽妳提到我呀，」愛格絲說：「世界上有什麼妳們烏鴉不吃的東西嗎？」

「我的重點是，」邦加兒繼續說：「世界是個艱困的地方。不論你是小兔子、蜥蜴，還是小孩，全都一樣。」

說完這話，邦加兒就開始打呼了——這回是真打呼。可是，我依然完完全全清醒著。

「媽媽，那個可怕的聲音是什麼？」一隻負鼠寶寶驚訝的說。

「那只是邦加兒在睡覺啦。」負鼠媽媽回答。

邦加兒說得對。我的確在醞釀一個主意。

她每次都說我愛管閒事，更常說我是樂觀主義者。

一個過度樂觀、管東管西的傢伙。

唉，世界上還有其他更糟糕的事呢。

樹木總是堅強卻沉默。

除非，我們不只是這樣。

21

「邦加兒，」隔天一大早，當最後的星星如精疲力盡的螢火蟲般褪去時，我說：「我想請妳做一件事。」

「那件事跟洋芋片有關嗎？」邦加兒喃喃自語。

「沒有。」

「那我寧可睡覺。」

「跟莎瑪有關。」

「你答應過，要讓我賴床呀。」

「我又沒有。」

「你暗示過啊。」

「我想實現莎瑪的心願。」

這打動了邦加兒。她拍拍翅膀，往下飛到她最愛的樹枝上，她把那根樹枝暱稱為「本壘」（邦加兒很喜歡看小學生玩壘球）。

「噢，紅，你不能實現願望。你只是個許願的地方。你就像個……像個長滿葉子的垃圾桶，我是指好的那種啦。」

「在這兩百一十六圈年輪的時間裡，我一直坐在自己的鬚根上，聆聽人們許願。我猜，很多時候，那些願望根本就沒有實現。」

邦加兒理好一根羽毛。「有時候那樣才是最好的。記得那個幼兒園的小傢伙嗎？他想要一臺推土機耶。」

「我很被動。我只是坐在這裡，看著世界。」

「紅，你是一棵樹呀。那就是樹的工作。」

「那是個很好的願望。而且是一個我……」我停頓了一下，「嗯，是『我們』可以幫忙實現的願望。」

「唉，我早就有預感，」邦加兒滑到地面上。「聽著，我知道莎瑪許了什麼願望。但是，你到底要怎樣幫她找個朋友？」

「等著看吧。」我說，希望自己的聲音聽起來比想像的更有自信。

「紅啊。」邦加兒來來回回踱步。她每走一步，頭就往前點一下。「我們有更嚴重的問題呀，朋友。法蘭西絲卡說要把你做成牙籤耶。你的居民全都驚慌失措，擔心如果真的發生那件事，他們要搬到哪裡去。」她靠近我，充滿感情的輕輕碰碰我。「當然，他們也很擔心你。」

「我知道。」

「剛出爐的麵包」的頭從前廊下探了出來。天還沒亮，只看得見她臉上的白色條紋。

「我願意暫時接收其中一個樹上的家族，」她宣布：「最好是負鼠家。

他們比『你』那一家更守規矩。」

「剛出爐，你真的很慷慨。」我說，可是我的話被「大你」打斷了，就是三隻浣熊寶寶的媽媽。她正在我的大樹洞裡，咬緊牙關，用力咆哮。

「拜託你們，」她大叫著：「你，你，還有你，你們的家教真是好得不得了！」

「他們太……好奇了，」剛出爐的麵包說：「總是在不該出現的地方探頭探腦，用那些小小的爪子東抓西抓。」

「喂，至少他們不臭！」大你喊道：「而且你的小孩還不是有爪子，我看過！」

名叫「毛毛蜘蛛」的負鼠媽媽探頭，很謹

慎的從自己的空心樹洞裡向外看。

負鼠總是用害怕的東西為自己命名。

「臭的定義因動物而異，」毛毛蜘蛛說：「剛出爐，雖然我覺得妳的孩子們味道很香，但我已經先預約好底下那兩扇門的木頭堆了，如果親愛的紅發生任何事……」她拍拍我。「親愛的，我無意冒犯。只是未雨綢繆，你知道的。」

「沒事啦。」我向她保證。

「是我先看到那堆木頭的！」大你喊著。

「跟臭鼬共享一個窩嘛。」毛毛蜘蛛說。

「我才不要死在那個地方！」大你高喊：「別想。而且我那群『探頭探腦』的小孩們又不受歡迎。」

「欸，他們是有點精力太過旺盛啦。」毛毛蜘蛛說。

「至少我的孩子們很有膽識，」大你說：「你的小孩光是看到自己的影子就嚇昏了。」

「常跟負鼠玩是個好練習，」毛毛蜘蛛說，她粉紅色的鼻子抽動著。「世界是個危險的地方。不管怎麼說，我們沒辦法控制。往往會發生的事情就是會發生。」

「請容我插個嘴，」我最高的樹枝上傳來一個冷冷的聲音，是愛格絲。「兩個街區外有棵很好看的椴樹，有個灰松鼠家族才剛搬走。我們正在考慮要不要搬過去，不過，那裡有隻我行我素的公貓。他戴著項圈，上面卻沒有鈴鐺，真是個麻煩。另外，還有一隻很大、會流口水的狗。」

「說得公平一點的話，其實所有的狗都會流口水。」邦加兒表示。

「全部都冷靜下來。」我打斷他們。「朋友們，我們不要自找麻煩。過好每一天就行了。誰知道明天會發生什麼事呢？」

媽媽們全部盯著我看。我聽見許多嘆氣聲。

「我又說太多老樹長談了嗎？」我問。

「太多了。」邦加兒附議，因為大夥兒全部一溜煙回家去了。

「大家都有點緊繃，」邦加兒說：「因為擔心……你。」

「我看得出來。」

「我也很擔心。」邦加兒用近乎耳語的聲音說。

「我知道，」我溫柔的說：「可是每朵雲都有銀色的……」

「紅。」邦加兒打斷我的話。

「抱歉。」

「一定有什麼事是我能做的。」邦加兒說。

「邦加兒，妳是個好朋友。但有時候能做的也只有站得直挺挺，用力向下扎根。」

「紅！」

「抱歉。」我又說了一次。

「紅，要是沒有你，我該怎麼辦？」邦加兒輕輕的說。

「妳會沒事的，親愛的朋友，我保證。」

我們倆都沉默了下來。

最後，邦加兒抖抖身子、鬆了鬆羽毛。「話說回來，我的重點是：或許現在不是幫人實現願望的好時機。」

「我反而覺得，這是最好的時機。」我回答。

邦加兒發出小老人般的呻吟聲。

她知道我並沒有打退堂鼓。

於是，我們開始計畫。

22

一個半小時後，史蒂芬準備出發到學校，我們開始進行計畫一。

邦加兒直直飛向他的背包時，史蒂芬才走到人行道而已。她用鳥嘴撥動背包拉鍊，然後瘋狂啼叫。

烏鴉想要發出很大的聲音時，可以吵得驚人。

「什麼？」史蒂芬喊道：「鳥兒，你有事嗎？」他將背包丟在地上。

邦加兒降落在背包上，用充滿期待的眼神往上看著他。「洋芋片，拜託。」她說。

史蒂芬翻了個白眼。「真假？」

「哈囉，」邦加兒說：「洋芋片，拜託。」

史蒂芬把手插在腰上。「好吧，知道了。我看過妳，在等公車的地方。」

史蒂芬打開背包的拉鍊時，邦加兒跳到地上。「你真好。」她客氣的說。

史蒂芬拿出午餐袋，然後打開。「我們來看看。我有一個鮪魚三明治、紅蘿蔔……」

可是在他繼續說任何話以前，邦加兒就探進背包裡，銜了一張紙，然後飛上天空。

「嘿！那是我的英文作業！」史蒂芬喊道：「快點回來，小偷！」

邦加兒高高飛到我的樹枝上，發出一個勝利的烏鴉啼叫聲，然後降落。

史蒂芬繞著我樹幹底部周圍轉，然後停在警方用黃色封鎖線把我圍起來的地方。

「拜託啦，烏鴉，」他懇求。「整個三明治都給妳，好嗎？」

邦加兒坐在那張紙上休息，動動她的鳥嘴。「不可能。」她回答。

咕噥了幾分鐘後，史蒂芬放棄了。「太棒了。」他抓起書包，喃喃自語。「就算說烏鴉吃掉我的作業，凱勒曼老師也不可能相信。」

23

莎瑪踏出家門，接下來就是按計畫付諸行動的時刻了。

她停下腳步，如同每天一樣停下來說哈囉，邦加兒呢，也跟每天一樣，回應莎瑪的招呼。可是這次，邦加兒嚇了莎瑪一跳，她停在莎瑪的肩膀，送給她一張亂糟糟的紙。

莎瑪從邦加兒那裡接過這張紙。「上面有史蒂芬的名字耶，怎麼會在你這？」

「不可能。」邦加兒說，算是回答。

「這樣啊，我一定會交給他。」莎瑪說。

邦加兒輕輕的叫了幾聲，然後飛回我身上。

完美、簡單的計畫，漂漂亮亮的執行完畢。

莎瑪會將紙還給史蒂芬。他們會討論橡樹上瘋狂的烏鴉，然後大笑、彼此分享。最後他們會明白彼此有許多共通點。

這樣就成功囉，友誼。

真是個超棒的計畫。

幾秒鐘後，卻發生了出乎意料的發展。史蒂芬的朋友剛好經過。莎瑪衝過去，請他將那張紙交給史蒂芬。

就這樣。

「沒有我想的那麼容易。」我對邦加兒承認。

「嘿，我完成我這部分的任務囉。」

「妳太棒了。」我說：「嗯，我們再試一次。時間不多了。」

「紅，」邦加兒嘆了一口氣，「請不要提醒我，好嗎？」

24

那天下午，我們試了計畫二。

「這招不會有用的，紅。」邦加兒說，一面在草坪上走來走去。

「悲觀主義者。」我說。

「樂觀主義者。」她回答。

不過，我確實有些疑慮。我們的第二個計畫需要動物寶寶幫忙。

我們爭論了很久，到底應該找哪個寶寶。話說回來，自從法蘭西絲卡威脅要砍掉我以來，已經發生許多爭執了。從前奇蹟般相處得很好的居民遇到一個問題就爭鋒相對，讓我覺得非常挫折。

好吧，這是一個大問題。可是我有辦法應付，在我看來，他們至少該在最後共度的日子裡好好表現呀。

邦加兒用她寶藏中的一枚錢幣來擲銅板，我們決定了幫手的人選：最小的負鼠寶寶——手電筒。

「讓我弄清楚，」邦加兒說：「你很怕手電……？」

「噓，」毛毛蜘蛛發出噓聲。「不要在他面前提到那幾個字。」

「那你們平常到底叫他什麼？」愛格絲問。

「叫『小閃』，他就會回答了。」毛毛蜘蛛解釋。

「好的，小閃，」邦加兒說：「你明白你的任務，對吧？你要假裝死掉。這個你們很會，對吧？」

小閃興奮的猛點頭。「負鼠是全世界最會裝死的高手了。」

「所以你裝死，等莎瑪和史蒂芬放學回家時，看見你……」

「希望他們兩個今天回家的時間差不多。」我插嘴。

「……然後他們就會驚慌失措，」邦加兒繼續解釋，「看見這隻小小的、可能死掉的寶寶，討論該怎麼辦才好……」

「這樣安全嗎？」毛毛蜘蛛問：「我光是用想的，就快昏倒了耶。」

「我們都會看著。而且史蒂芬和莎瑪是聰明的孩子，」我再度向她保證。「他們一定知道不要碰死掉的動物。」

「所以他們會去找爸媽，打電話給野生動物保護組織，或是獸醫，然後，他們手忙腳亂的時候，」邦加兒繼續說道：「小扇……嗯，小閃……就跑回窩裡。莎瑪和史蒂芬走出來時，一起笑著聊起負鼠消失無蹤的事件，也許連他們的父母都會開始說說話……」

「我真的覺得『你』可以做得更好，」大你抱怨。「她是天生的演員。或是『你』，還有『你』。」

「已經定案了，」邦加兒堅定的說：「我們擲過銅板了呀，記得嗎？」

「我只是說說嘛。」大你喃喃自語的說。

街尾那邊，學校放學的鐘聲響了。「大家各就各位！」邦加兒催促著。

「一定會成功。」我說。

「一定會失敗。」在同一時間，邦加兒說。

25

「開始行動！」邦加兒悄聲說。

小閃搖搖晃晃的走到草坪正中央。

他側著身子躺了下來，全身蜷成一團。他閉上眼睛，嘴脣向內縮，露出迷你的、像針一樣銳利的牙齒。

「完美。」邦加兒說。

「親愛的，在嘴巴周圍冒些泡泡。」毛毛蜘蛛喊道。

我們看看街尾，史蒂芬正往這裡靠近。幸運的是，莎瑪就在他身後幾公尺遠的地方。

小閃跳了起來。「媽，我演得怎麼樣？」

「實在太棒了，我的寶貝，」毛毛蜘蛛說：「媽咪真是為我的小小小負鼠感到驕傲！」

「快裝死！」邦加兒大喊。

「噢，對耶。」小閃聳聳肩。「我差點忘記了，邦加兒阿姨。」

「我不是你阿姨，」邦加兒說：「我跟你不同種耶。」

「唉唷，其實沒什麼關係啦。」我喝斥。

「快點裝死！」邦加兒再度喊道。

小閃打起嗝來。

「噢，我的天呀，」毛毛蜘蛛說：「他一緊張就會這樣。」

「為什麼不是我去，媽媽？」玫瑰花瓣問。

「全體寶寶，安靜！」邦加兒下了指令。「小閃，快點停止打嗝，你這

傢伙！」

「他們來了！」我低聲說：「史蒂芬和莎瑪！」

打嗝的聲音更大了。

「手電筒！」邦加兒說：「就是現在！」

「別那樣叫他！」他媽媽喊著。

手電筒僵住了。他停止打嗝。泡沫從他的嘴邊流下，半睜的眼睛變得呆滯，什麼也看不見了。

「有用！」邦加兒輕聲說：「太厲害了！」

史蒂芬先發現了小閃。莎瑪剛好走到他身後。

「我們該怎麼辦？」史蒂芬問。

成功了，我心想。他們真的在跟彼此說話了。

「別碰，」莎瑪說：「牠可能被狗咬了。或者只是在裝死。我在書上讀過，負鼠有時候會這樣。」

「我去找我媽。也許她可以打電話找人來幫忙。」

「聽起來不錯。」莎瑪說。

讓我失望的是：史蒂芬和莎瑪對彼此點了個頭之後，就立刻回各自的家去了。

又一次，就這樣。

這樣大費周章，只換來這麼短時間的交談？

人們究竟如何成為朋友呢？那到底有多難？

不過，我還是提醒自己，史蒂芬和莎瑪已經跟對方講話了呀。那是很棒的第一步，不是嗎？

「小閃？」邦加兒叫喚著：「夥伴，該回窩囉，在人類回來以前快回來。」

小閃還是僵成一顆小小的負鼠球。

「小閃？」我叫著。

「小閃?寶貝?」毛毛蜘蛛大喊。

「噢,我的老天,」大你說:「我不覺得你的寶貝在演戲耶。」

「我的寶貝!我的心肝寶貝小閃!」毛毛蜘蛛喊著,小閃的兄弟姊妹開始發出哭嚎。

「當初真的應該選我們家的寶寶。」大你說。

「小閃!別再裝死了!」邦加兒大吼。她跳到小閃身邊,溫柔的用鳥嘴戳一戳。

「妳怎麼可以啄我兒子!」毛毛蜘蛛大吼。

「小閃!我來救你了,寶貝!」

毛毛蜘蛛從樹洞衝了出去,跌跌撞撞的從樹幹下來,然後就昏過去了。

「噢,太棒了,」邦加兒說:「真是棒透了。有其母必有其子。現在該怎麼辦,睿智的老樹?」

「妳拖小閃,」我下了指令。「剛出爐的麵包還有大你,你們可以去救毛毛蜘蛛嗎？把她拖到剛出爐的窩，就在門廊底下。」

「毛毛蜘蛛說我的小孩很吵耶——」大你說。

「大你說我的小孩很臭。」剛出爐的麵包說。

活了超過兩世紀，我幾乎不曾提高音量講話。

不過，現在是極少數那種例外的時刻。

「立刻！」我命令，就在史蒂芬家的門打開那一瞬間。

當浣熊和臭鼬打定主意要做什麼時，你會很驚訝他們的動作能有多快。

26

史蒂芬和他媽媽最後放棄尋找那隻神祕的負鼠寶寶了。莎瑪從自己家的客廳窗戶望著他們，沒有鼓起勇氣走出來。

大約一小時後，毛毛蜘蛛和手電筒都恢復意識，醒了過來，他們撐著搖搖晃晃的腿，回到自己的窩。

事情就這樣結束了。再一次。

「別擔心，」我告訴邦加兒。「不要輕易放棄，人們常說『第三次的魔法』[8]呀。」

「那是什麼意思？」

「只是人類的說法。」

「魔法，」邦加兒嗤之以鼻的說：「你知道人類會怎麼形容一群蜂鳥嗎？」

「呃，其實我不知道。」

「一群魔法蜂鳥耶！那種生物，說實在話，就跟穿得太華麗的蒼蠅差不多。可是我們一群烏鴉聚在一起時，猜猜人們怎麼形容？」

「什麼？」

「一幫殺人犯烏鴉！人類說我們像一幫壞胚子殺人犯耶！你相信嗎？樹呀、浣熊呀都沒有這樣的稱號。」邦加兒拍拍翅膀。「可是烏鴉呢？我們是一幫殺人犯！」

「妳講完了嗎？」我問。

「抱歉。我很擔心你。我一憂心，就變得很容易生氣。」邦加兒拔下一塊新草皮，把它扔到一旁。

「我還有一個讓莎瑪和史蒂芬講話的計畫。」我說。

「再想個讓你不用變成桌子的計畫如何？」

「邦加兒，我沒辦法控制生命裡所有的一切，」我溫柔的說：「如果什麼都能控制，活著還有什麼樂趣呢？可是莎瑪的願望，這件小事，我可以實現它。」我有點猶豫。「至少，我覺得我做得到。」

「我不懂，這件事為什麼對你這麼重要。」

「因為，她讓我想起很久以前認識的一個小女孩。」

8 此為英文諺語（Third time's a charm.），意指「不要放棄，下一次就有可能成功」。而 charm 這個字除了代表「魔法」、「魔力」，也會用來當作「一群蜂鳥」的量詞（a charm of hummingbirds）。但「一群烏鴉」卻會用「murder（殺人犯）」這個字來當作量詞（a murder of crows），所以邦加兒非常不滿意。

「你真是個愛管閒事的傢伙，」邦加兒疲憊的說：「不過，我還是愛你。」

她用烏鴉特有的微笑方式看著我——喙開開的、抬著頭、眼睛閃閃發光。

「所以，計畫三是什麼呢？」

27

夜幕降臨，我派邦加兒執行她的下一項任務。

「妳只要解下莎瑪的願望條就好。」我吩咐。

「哦？」她說：「就這樣？」

邦加兒飛到最低那根樹枝旁，莎瑪把那條粉紅色的點點碎布綁在上面。

邦加兒用嘴巴大力扯了幾下。「說比做容易。」

「妳是烏鴉耶。用工具。」

烏鴉以能夠製造和使用工具聞名，可能是我們身邊最有腦袋的鳥類了。

「嗯，」邦加兒戳了一下那個結，考慮了一會兒。「我收藏了一根迴紋針。我用那個試試看。」

「沒用啦。」愛格絲在她的鳥巢裡說。

我認為貓頭鷹私底下應該有一點嫉妒烏鴉。

一顆又一顆頭，陸續從我的樹洞裡探了出來，門廊底下的臭鼬窩也一樣，大家都望著邦加兒工作。

「媽，邦加兒在做什麼呀？」其中一個「你」問道。

「那叫作『工具』，」大你說：「沒什麼用。」

「朋友們，如果沒辦法說些幫得上忙的話，」我說：「請不要開口。」

邦加兒帶著一小片歪歪扭扭的金屬回來。「拉直的迴紋針，」她解釋。「我在學校遊樂場找到的。」

她千辛萬苦的把迴紋針直直的那一端，戳進打結的地方，可是就算用盡全力，也沒辦法鬆開那個結。

「就快……成功……了。」邦加兒咬緊鳥嘴，喃喃自語。

「邦加兒為什麼要那樣做？」哈洛德問愛格絲。

「烏鴉是難以理解的生物。」愛格絲說。

「因為我請她幫忙，」我說：「這件事對我很重要。」

邦加兒發出挫折的呻吟，迴紋針掉到地板上。「沒用的，紅。」她說。

「也許我們該放棄了。」我嘆了一口氣。「我注定幫不上忙。注定坐在這裡。只能坐著而已。」

一陣溫柔的風輕輕撥弄我的葉子。沒人說話。

「等一下，」大你說：「也許我可以。」

「你太重了啦。」愛格絲指出這一點。

「讓她試試。」我說。

大你非常小心，慢慢移到綁著莎瑪願望的那根樹枝上。

她的確很重，我的枝芽因她的重量折彎，可是我堅持挺住。她兩隻前爪並用，撥弄那個結。沒有多久，結就鬆開了。

「啊哈！」她喊，用右爪抓緊那塊布。

「嘿，我先完成了比較困難的部分耶。」邦加兒悶悶不樂的說。

「這是妳們倆共同的努力，」我說：「非常感激妳們倆的團隊合作。」

「拿到願望了，」愛格絲說：「紅，所以現在要怎麼做？」

「等待莎瑪來，」我說：「然後，邦加兒就會施展魔法。」

28

大家等待莎瑪的夜間拜訪，月亮將我們浸潤在涼爽的藍光下。

她穿著睡衣和拖鞋出來。坐在毯子上，有耐心的等候動物寶寶爬過來。

她的脖子上掛著邦加兒給她的那把飾有緞帶的鑰匙。

「你」那一家在她面前翻著觔斗時，她輕聲的說：「我的烏鴉朋友呢？」

她抬頭看著我的樹枝，我真慶幸要邦加兒躲在史蒂芬的屋頂上。

時間分秒不差，邦加兒飛到史蒂芬臥房的窗戶旁，停在窗臺上。莎瑪許願的那塊布料掛在她嘴邊。

邦加兒小心翼翼的敲了敲史蒂芬的窗戶。

什麼事也沒有發生。

我請邦加兒愈小聲愈好。我不希望莎瑪看出我們的計畫。

咚、咚、咚。這次比較大聲一點了。

還是沒有動靜。

很顯然的，史蒂芬睡得很熟。

邦加兒看著我。她的眼睛像在說：「現在怎麼辦？」

她又試了一次。咚、咚、咚。

莎瑪動了一下。「那是什麼聲音？」她問。

幸運的是，哈洛德飛向她的臂膀，成功的分散了莎瑪的注意力。與其說是飛翔，那個動作更像是笨拙的跳躍，莎瑪咯咯笑出聲音來。

做得好，小哈洛德，我心想。

邦加兒將莎瑪的願望條扔在窗臺上。咚、咚、咚。

還是沒動靜。

她在窗前來回踱步。然後，她定住了。

她的眼睛在月光下閃爍著。

邦加兒靠近玻璃，表演她最高明的消防車汽笛聲。

史蒂芬的窗戶猛然打開時，邦加兒已經回到屋頂上，準備觀賞自己表演的成果。

史蒂芬往外張望，揉揉眼睛，注意到窗臺上的小碎布。他皺著眉頭，將碎布拿了起來，想就著月光看清楚布上寫了什麼字。

他往下望望草坪。

莎瑪在那兒，正好抬頭看向他，她被一群奇怪的動物寶寶圍繞著。

「太棒了。」邦加兒說。

29

史蒂芬從前門出來時，身上穿著紅色的睡衣和灰色的運動衫。淺棕色頭髮亂糟糟的，一副睡眼惺忪的模樣。他拿著手電筒劃開了黑暗。

動物寶寶轉向他，僵住不動。眼睛像小小的月亮般閃耀著。

小閃害怕的尖叫。

史蒂芬關閉了手電筒的燈光，小閃似乎鎮定下來一點，不過，他又打起嗝來了。

「嘿。」史蒂芬輕聲說。

「嗨。」莎瑪用很輕的聲音回應。

史蒂芬坐在莎瑪身旁。動物寶寶興致勃勃的望著他們。

「他們為什麼在這裡？」史蒂芬問。

「我不知道耶。」

「好像魔法唷。」

「不是。」莎瑪搖搖頭。「我只是……保持安靜。他們喜歡那樣。」

邦加兒往下飛到莎瑪肩膀上。「哈囉。」她對史蒂芬說，模仿莎瑪的聲音。

「哇！」他說：「太神奇了。」

「昨天我還聽見她模仿門鈴聲。」

史蒂芬露出牙齒笑了。

「她送我這把鑰匙，」莎瑪說，一面舉起鑰匙。「我不曉得是做什麼用的。或許是日記或是珠寶箱的鑰匙吧。」

「或是全世界最小的門。」史蒂芬開玩笑的說。

有那麼一會兒短暫的時間，大家都沉默下來。就連浣熊寶寶也全都一動也不動。

最後，史蒂芬伸出手，秀出莎瑪的願望條。「我發現了這個。」他說。

即便在月光下，莎瑪的臉還是紅得非常明顯。她把眼睛別開。

「那個……我覺得很抱歉，」史蒂芬溫柔的說：「樹上那個塗鴉，我們沒有……不是我們做的。」

莎瑪點點頭。

「我爸媽不壞。他們只是……會害怕些什麼。」史蒂芬聳了聳肩。

「我爸媽也是，」莎瑪說：「我聽爸爸提起要再搬家，如果找到安全的地方。」她露出一個非常悲傷的微笑。「如果世界上真的有安全的地方。」

「我很抱歉。」史蒂芬又說了一次。

動物寶寶感覺史蒂芬可以信任，紛紛開始推打嬉鬧。哈洛德和最小的

「你」找起蟲子來。「玫瑰花瓣」和她弟弟「熱奶油爆米花」用一根長長的草比賽拔河。

「我會想念這些小傢伙。」莎瑪說。

「希望妳不要搬家。」史蒂芬說。

史蒂芬家屋子裡有一盞燈亮了。「我得走了，」他說：「我怕爸媽看到我……先走了。」

「晚安。」莎瑪呢喃著。

噢，我想對這兩個人說說話！我想告訴他們友誼不需要這麼困難，有時候，是我們放任這個世界讓友誼變得困難。

我想告訴他們：要繼續對話。

離開這個可愛的世界前，我想要做出改變，只是那麼一點點不同也好。

於是，我那麼做了。

我打破規則。
「留下來。」我說。

30

所有動物目瞪口呆的看著我。就連年紀最小的動物寶寶都曉得「不跟人類說話」的規則。

邦加兒飛快衝到我最高的樹梢。「紅！」她用一種壓低的聲音喊道：「不可以！」

「噢，我可以，」我說：「我還有什麼可以失去的？」

「可是……」

「像我剛才說……」我把注意力轉回史蒂芬和莎瑪身上。

他們正瞪著我，下巴往下掉，雙眼睜得老大，就跟小閃不久前僵住的模樣一樣。

「我們正在做夢，」史蒂芬自言自語。「對吧？」

「同時嗎？」莎瑪問道：「這是真的嗎？」

「捏我。」史蒂芬說。

莎瑪照做了。

「有感覺呀。」史蒂芬表示。

「也許是在夢裡被捏。」莎瑪想到。

「不好意思，」我打斷他們。「我有兩百一十六圈年輪的智慧可以傳授，可是沒有多少時間。」

史蒂芬伸出手去握莎瑪的手。

「如果這是夢，」他說：「至少是個很酷的夢。」

於是我開始說話。

31

我並不是一直都是許願樹。

事情發生在一八四八年，早在我被水泥與車輛環繞以前，還只有幾十歲大的時候——以紅橡木來說，那時的我還很年輕。不再是瘦瘦高高的小樹苗，我結實又強壯，卻也不像現在這樣深深的扎根在土壤裡。

這個時期，就像好幾次發生過的狀況，飢餓、絕望的人們塞在擁擠的船上，飄洋過海，來此地定居。當中有許多人，這些人似乎總是這樣，最後落腳在我這一區。現在的藍色和綠色屋子，當年是棕色的，住滿了初來乍到的人們。

有時候，新來的人受到歡迎，有時候不是。可是新的居民還是抵達這裡，懷抱著希望與夢想，人們向來如此。

其中一位年輕的愛爾蘭女孩，名叫玫芙。玫芙出生不久時，媽媽就過世了，他們的爸爸在兄妹才十二歲和九歲時也過世了。她和十九歲的哥哥一起航行過大西洋，她哥哥卻在旅行途中死於痢疾。

玫芙長得結實又平凡，可是當她微笑時，就像太陽穿過雲層。她的笑容很深，亮紅色的頭髮有如我最棒的秋日服裝。

十六歲的玫芙隻身一人，她身無分文，與另外五個移民一起住在一間十分狹小的房間裡。她日以繼夜的工作，打掃、煮飯，做任何能讓她生存下去的工作。

玫芙很快就發現自己對照顧生病的人很有天分。她沒有醫學背景，沒有祕密藥方，跟任何人一樣，只懂得用冷毛巾來撫慰發高燒的額頭，可是她有愛心又有耐心，而且樂於學習不知道的事物。

隨著時光流逝，玫芙的能力口耳相傳。人們帶來生病的小豬仔和跛腳的馬匹，還有咳嗽的小孩和煩躁不安的寶寶。她每次都說不確定自己幫不幫得上忙，可是，因為這個社區的人太窮了，沒辦法去看醫生，他們都會來找玫芙幫忙。

既然有人相信她有辦法幫助病患康復，玫芙就試著達到人們的期望。無論她成功的時候，或沒成功的時候，患者和他們的家人會留下小禮物，像是木頭削的小鳥塑像、一根髮夾、半條麵包。有一回，還有人留下一本皮革封面的記事本，附了一把迷你的銀色鑰匙，可以打開記事本上的鎖。

玫芙外出照料生病的人時，人們會在我最低的樹洞裡留下感謝的話語。那是我的新傷口，幾個季節前才復原的。不過，因為它面對著玫芙住的屋子，而不是街道，人們想表達對她的感激時，樹洞便成為一個可以留下小禮物的安全地方。

我就是那時候體悟明白，不只對鳥類或動物，空心樹洞對人類也可以是好東西。

只是當時，我還不知道究竟有多麼好。

32

歲月流逝，玫芙與社區建立了緊密的連結，就跟我一樣，從其他地方來的新住民也是，他們將音樂、食物和語言陸續帶進這個小小的世界。不論人們來自何方，玫芙都竭盡所能的關照。

我變得更堅挺，老了的枝幹不再那麼容易折彎，影子也變得更長。附近加入更多樹木和樹叢，可是依然有陽光供給我們所有，我們也不缺水源。

那個時候，我已經接待了許多家庭，尤其是老鼠和花栗鼠。我最親近的知己是一隻名叫「史基寶」的灰松鼠。

史基寶特別喜歡玫芙，因為玫芙常常餵這隻小松鼠吃桌上的食物碎屑。

不過，史基寶和我私底下很擔心玫芙。這一路上，玫芙是有一、兩個追求者，可是沒有一段感情開花結果。她有許多朋友，但從天亮到天黑都在工作。可是，她似乎還是很寂寞。有時候，玫芙會坐在前廊的階梯上，望著快樂的家庭散步經過，她的雙眼會湧上淚水。到了夜晚，她從樓上的窗邊看向屋外，她的嘆

息會乘著微風飄向我們，宛若哀悼的鴿子啼叫時那樣盈滿憂愁。

玫芙時常坐在我的樹幹底下，在筆記本裡寫著什麼。她會談起愛爾蘭褪入霧中的鄉間景致，談起她失去的家人，還有她祕密的期待、恐懼與渴望。她有愛可以給，卻沒有對象可以付出。

玫芙鍾愛清晨，當世界沐浴在霧中，盼望著太陽升起的時刻。她會靠在我的樹幹，閉上眼睛，哼一首童年的曲調。

一天，是五月第一天，玫芙又在黎明時分找我。讓我驚訝的是：她站起身來探向我最低的枝芽，在那裡輕輕綁上一塊藍條紋的碎布，還仔細的打了一個結。

「我希望，」她輕聲說：「遇見一個讓我全心全意去愛的人。」

那是我的第一個願望。也是後來許許多多願望的開始。

33

一個星期又一個星期過去，我樹枝上那塊布引來許多議論。

社區裡有些從愛爾蘭來的人，會表示理解的點點頭、露出微笑。對這些人，玫芙會輕快的說：「那是我的破布樹。雖然不是山楂樹，也很好。」

來自其他地方的人們（這樣的人很多）會對那塊碎布皺起眉頭，甚至想伸手拿掉。玫芙會告訴他們：「不准碰我的願望，行了行了。」她會一次又一次耐心的解釋，在她的老家愛爾蘭，「樹上掛碎布許願」是一項由來已久的傳統。

人們三不五時會問玫芙許了什麼願望。她會說實話，加上嘆氣和一個疲憊的微笑：「也不是很大的心願。只是希望有那麼一個人，讓我全心全意去愛。真的不是什麼太大的心願。」

有時候人們會笑，有時候會翻翻白眼。「親愛的，在布上寫願望又不會為妳帶來愛。」人們會這樣說。

可是，人們通常會給玫芙一個善意的微笑，捏一下她的手臂，或是理解的點點頭。

接著，他們也會問，能不能在樹上加上自己的願望。

34

又過了一年。接近五月時，我發現自己身上的碎布竟然比新生的葉子還要多。

史基寶試著偷走幾塊碎布去填充松鼠巢，他的巢是由葉子和小樹枝搭出來的，高高懸掛在我一根彎彎曲曲的樹枝上。我請他先用青苔和松針，碎布要等一陣子才能用。根據玟芙的說法，這些願望要等到五月第一天以後才能碰。那時候，沒被風吹走、沒被雨拖到地上的那些願望才能被人們（或是那些特別有創意的松鼠）拿掉。

我懷疑她是為了保護我才制定那條規則，這樣我才能不受拘束的成長，不被那些溼答答碎布的重量壓垮。

在五月一日的黎明前，一個年輕女孩靠近我。她有深色波浪狀的頭髮，身上穿著一件破破爛爛的灰色外套。她的手臂裡挽著一個捲起來的包裹。

「噓，」史基寶輕聲對我說：「紅，又來了一個願望。」

可是史基寶錯了。那不是什麼願望。

女孩很迅速卻十分謹慎的把包裹放進我的樹洞。

那是要謝謝玫芙的小禮物吧，我明白。說不定是一條麵包。女孩可能是她的病人。

她消失的速度就跟她來的速度一樣快。

就像蜂鳥，我心想，在那裡，然後就不見了。

就像一陣風。

35

不到幾分鐘，玫芙打開了棕色小屋的門。她對我微笑，也對著在清晨微風中招手的碎布微笑。

接著，是哭聲。

其實比較像哀嚎聲。

來自……我。

不是溫順的少女隱隱哭泣。也不是小老鼠害羞的吱吱叫。都不是，是義憤填膺的哭聲。

是一個寶寶。

36

寶寶的毯子上貼了一張紙條。玫芙吞吞吐吐的嘗試大聲念出紙條上的字。「是義大利文。」她喃喃自語。

後來，她請教了自己的病人，才了解那些字句的意義：

請給她我無法給予的照料。

希望妳們的一生都充滿愛。

寶寶的頭髮是黑色。玟芙的頭髮是紅色。

寶寶的眼睛是棕色。玟芙的眼睛是藍色。

寶寶是義大利人。玟芙是愛爾蘭人。

她們彷佛是為了彼此而生。

玟芙將寶寶取名為「阿瑪朵拉」，這個字在義大利文中的意思是「愛的禮物」。

37

社區裡有許多人不贊成一個未婚的愛爾蘭女人扶養一個被遺棄的義大利寶寶。人們議論紛紛，因為人們總是這樣，發出不認同的嘖嘖聲，因為他們認為必須這樣。

有些人甚至生氣了。他們說了傷人的話。

他們說阿瑪朵拉不屬於這裡。

他們說玫芙和寶寶應該離開。

玫芙只是露出微笑，她把阿瑪朵拉摟得更緊一點，等待著，盼望著。

在漆黑的夜裡，希望渙散的時候，玫芙會唱一首古老的愛爾蘭歌謠，調子裡混合了她向一位鄰居新學來的義大利歌曲。旋律非常甜美，歌詞卻傻呼呼的。她每次唱這首歌都會帶來同樣的效果——小阿瑪的微笑。

當然，可以肯定的是：玫芙等待愈久，人們就變得愈和善。阿瑪（後來大家都這麼叫她）跟所有人一樣，成為這座亂糟糟花園的一部分。

阿瑪的年紀大到可以餵食史基寶和他的家族時，她這麼做了。她強壯到可以爬到我身上時，她這麼做了。當她準備好可以自己許願時，她也這麼做了。

長大的阿瑪沉穩、誠實又有愛心，就跟她的媽媽一樣，她生了自己的孩子，然後有了孫子和曾孫。最後，阿瑪和丈夫買下了棕色小屋，還有隔壁的屋子，然後把屋子漆成藍色和綠色。多年後，他們在對街買了房子，開始把藍色和綠色的屋子租給其他家庭。

這個家族成長、開枝散葉、爭執、失敗，又愛又笑。向來如此，未來也一樣，笑聲讓他們繼續向前走。

當阿瑪的孫子生了一個小女兒時，阿瑪為她取了一個很棒的義大利名字，還加了一個很棒的愛爾蘭中間名：法蘭西絲卡・玫芙。

38

至於我呢，我的名聲愈傳愈遠。玫芙的願望在一棵許願樹的心裡成真了，那不就代表了任何事都有可能嗎？

當然，史基寶時常提醒我，我跟這件事其實沒有關係。

「紅，這又不是童話故事。」他會這麼說。

可是人們充滿渴望，而且歲月流轉，願望不斷出現。

這些日子以來，所有的願望，是祝福，也是負擔。

可是，每個人都需要希望。

39

最後最後，我終於說完了。

一旦話語溢了出來，就像在試圖阻止風的流動。

在接下來的沉默中，我感覺整個世界都屏住了呼吸。

我打破了規矩。

史帝芬和莎瑪依舊張嘴望著我，看起來就跟我一樣，腳已經牢牢生根在土地上了。我說故事的時候，他們倆都沒有開口發出聲音。

史蒂芬家的前門打開了。「史蒂芬？」他爸爸呼喚：「小子，你到底在幹麼？」

史蒂芬立刻彈了起來。「我……爸，我來了。嗯，莎瑪，晚安喔。」

「晚安，史蒂芬。」她說。

史蒂芬衝向前廊，可是在半途停了下來。他轉過身來看著我。

「謝啦？」他用一種探詢的聲音說，那語氣就像邦加兒剛剛做了鬆餅給他似的。

他甩上身後的門。

莎瑪站立著，把她的毯子抱在胸前。「我一定是在做夢。」她說。

她走向自己家的前廊，打開屋子的門。

「希望，」她微笑著，加了這句話：「希望我不必醒來。」

40

我幾乎立刻就對自己剛才做的事感到後悔。

我打破了規則。最嚴重的那條。

我跟人類講話。

而且還不只是幾個字。我講了一堆話。

我不像那隻郵筒裡的青蛙。我不是不小心的。

我打破規則，是因為我想要。我希望發揮自己的力量。我想要在死前做些有意義的事。

我是為自己這麼做。

震驚的動物寶寶和他們同樣震驚的爸媽都安全回到窩巢安頓了以後，我對邦加兒承認我的感受。

我等著她對我大吼。

邦加兒很擅長大吼。

拿手得不得了。甚至可以說很有天賦。

「邦加兒，我為什麼要那樣做咧？」我自言自語。「為什麼？」

她飛到本壘，用平滑的頭輕撫我粗糙的樹皮。

「你那樣做，睿智的老樹呀，是因為你有故事要說。」

「太蠢了，」我說：「我不該那麼愚蠢。」

「沒有那麼蠢，」邦加兒說：「你只是懷抱希望而已。每個人都需要希望。紅，就連像你這麼睿智的老樹也一樣。」

41

晨光慢慢現身，雲朵低垂。黎明前落了一陣小雨，安慰了我的葉子，就算沒有安慰到我的心情。

奇怪的是地面感覺溼透了。當然，春天向來帶著不少泥巴，可是這個狀況還是不尋常。這會讓明天的許願日亂七八糟。

一位帶著竹拐杖、早起的老紳士靠近了。他停下腳步，把一張小小的藍色紙條纏繞在我最低的樹枝上。他沒有大聲說出願望，所以我不曉得他有什麼心願。可是他小心踏過溼透的草地時，臉上掛著滿足的微笑。

毫無疑問，我今天會比以往看到更多的願望。很多人都早早就到了，好占個容易伸手搆到樹的位置。

這恐怕是我最後一個許願日了。我第一個許願日啊，許久前和玫芙共度的那一天，在我心裡，為何就像昨天夜裡跟史蒂芬和莎瑪的對話同樣記憶猶新呢？

一輛車慢慢停在人行道旁。我看見一隻手臂、一陣模糊，然後**啪答**——什麼東西打在我的樹幹上。

啪答，**啪答**。連續又兩次，然後車子的輪胎發出尖銳的摩擦聲，怒吼著離開。

邦加兒最先通報損傷狀況。

「生雞蛋，」她說：「我猜應該不會痛？」

「根本沒感覺。」我說。

剛出爐的麵包、毛毛蜘蛛，還有大你冒險離開他們的窩，勘查情勢。

大你從警方的封鎖線底下溜過去，舔著從我的樹幹往下滑的蛋黃。

「嗯，」她自言自語。「生的。我就喜歡這種蛋。」

「嘿，大你，分享一下嘛。」毛毛蜘蛛和剛出爐加入她的時候，劈頭就這樣說。

愛格絲從她的門廊張望。「我還寧願吃扭來扭去的小老鼠，」她說：「都給妳們吧，女士們。」

「多麼棒的驚喜呀。」大你邊舔著嘴巴邊說。

「這很糟糕，」邦加兒說：「這是人類最卑劣的時刻。」

「話雖如此，」毛毛蜘蛛說，一面舔著她的爪子。「浪費好好的蛋也太可惜了吧。一種生物的壞心成就了另一種生物的美食。」

大你打了個滿足的嗝，其他動物匆匆忙忙回到各自的家去了。

史蒂芬家的門開了。他走向我，看見我身上像拼圖般四散的蛋殼，皺起了眉頭。

莎瑪接著出來，肩膀上掛著背包、胸前抱著書。她跳過一個泥濘的小水窪，加入史蒂芬。

「渾蛋！」史蒂芬自言自語，一面用手指向蛋的痕跡。「抱歉，莎瑪……」

可是莎瑪舉起手來。「史蒂芬，」她低聲說：「昨天晚上。」

史蒂芬輕輕的點了點頭，眼光定在我身上。

「昨天晚上。」他重複那句話，彷彿他們兩人正使用暗號在交談。

「那棵樹。」

「那棵樹。」

「你聽見了我聽見的嗎？」莎瑪問。

「我聽見了。」

莎瑪直直盯著史蒂芬。「你聽見……樹說話了？」

「我聽見樹說話了。」

莎瑪微微點了一下頭。「所以那……也許是……惡作劇？有人在開玩笑？對嗎？」

「或者我們倆在同一時刻夢遊，」史蒂芬提議之後，點點頭，就像正在設法說服自己。「沒錯，夢遊。」

「你以前夢遊過嗎？」

「沒有，不過凡事都有第一次。」

他們站在那兒，充滿期待的看著我，希望我開口說話。至少看起來是這種感覺。

我保持沉默。我已經說完自己想說的話了，而且我很後悔。

「史蒂芬，」莎瑪柔柔的說：「不管發生什麼事，我們都不能告訴任何人，打勾勾？」

「打勾勾。」

「永遠喔。」

「永遠。」

莎瑪嘆了一口氣。「其他人會說我們瘋了。」

「而且他們說的可能是真的。」史蒂芬說。

莎瑪把下巴撇向我。「樹？你還有沒有想說什麼？」

我一個字也沒吭。

莎瑪和史蒂芬相視而笑。「我只是想試一試。」她說。

他們一起出發去上學了。

史蒂芬的爸爸從屋子裡走到門廊上。他手上拿著一杯咖啡。他望著史蒂芬和莎瑪，皺起了眉頭。

一會兒以後，莎瑪的媽媽也從藍色的屋子裡走了出來，她的鑰匙叮噹作響，肩膀上掛著公事包。她順著鄰居的眼光看出去。

這兩位父母都靜靜的觀望，直到肩並肩走著的史蒂芬和莎瑪消失在視線之外。

42

我沒有太多時間細想自己犯的錯。隨著一個小時接一個小時的流逝，現場的訪客絡繹不絕湧入。

一整天都有早來的許願者。有個小女孩想要二十隻倉鼠。街尾的雜貨店老闆希望夏季水蜜桃甜美豐收。跟往常一樣。

當地的記者回來了。她瞥了一眼我樹枝上新掛的願望，然後拍下樹幹上破掉的蛋殼。

珊蒂和麥克斯過來，拿掉圍在我四周的警方封鎖膠帶。法蘭西絲卡加入他們。今天她用細細的皮製牽繩綁著路易斯和克拉克。兩隻貓都戴著亮到讓人發窘的項圈。

法蘭西絲卡與珊蒂和麥克斯討論破蛋事件，路易斯和克拉克就纏在她腿上。「砍樹的工人晚一點會來評估。」法蘭西絲卡說。

「所以，妳確定要砍掉這棵樹嗎？」珊蒂問，在我聽來，她的聲音非常失望。

「對。毫無疑問。看到那堆髒東西了嗎？院子裡的積水？」法蘭西絲卡指著泥濘不堪的草皮說：「水電工告訴我，這棵該死的樹弄壞了水管。只要一點雨，這裡就會變成一座巨大的泥巴池。」

「可是，這棵樹如果消失，人們會很難過。」麥克斯說。他伸手去拉克拉克的皮繩，試圖幫法蘭西絲卡解開。

「我知道。它是棵很棒的老樹。可是多愁善感又不能當飯吃。」

珊蒂抓住路易斯，法蘭西絲卡則設法自己弄開纏成一團的牽繩。「那住在樹上的動物和鳥類要怎麼辦？」她問。

「啊，那個呀，我想過，」法蘭西絲卡說：「每年，在許願日當天，負鼠、貓頭鷹和其他所有動物都會淨空。很怪。彷彿動物知道接下來會發生什麼事。」她跳過纏成一堆的皮繩。「可能是不想被打擾吧。無論如何，我希望砍樹的工人明天下午晚一點再過來。到時候，大部分的人都已經許好願了。」

「那，這裡所有的願望要怎麼辦呢？」珊蒂問。

「沒人看到時，全部扔進垃圾桶呀。我每年都這樣做。反正整件事本來就荒謬

透頂。」

麥克斯和珊蒂同情的看著我。

「我知道，我知道。我渾身上下就是沒長半根感性的骨頭。」法蘭西絲卡停下來對兩隻貓說話，他們正在對面猛扯著她。「狗可以做到，為什麼上牽繩對你們兩個這麼難？」

她把注意力轉向員警。「是時候了。我已經等得夠久了。」

「這個嘛，我們明天會順路過來一趟，看看這裡的狀況。究竟是誰刻了字嘛，現在還是沒有線索。可是對丟雞蛋、不太高興的民眾，還有砍樹的事……」珊蒂聳聳肩。「我們再過來多留意一下，想必也沒有壞處。」

「謝啦。」法蘭西絲卡說：「沒有必要，可是我很感謝。」

路易斯和克拉克瞥見邦加兒，突然衝向我的樹幹。「喂，你們這些瘋狂的小貓咪！」法蘭西絲卡喊道，上前擋住他們。

他們對邦加兒發出嘶嘶聲。邦加兒張開翅膀，做出威脅的動作，還發出最凶猛的啼叫聲。

路易斯和克拉克回到法蘭西絲卡安全的臂彎裡。她又再一次跟亂糟糟的牽繩和貓咪纏在一塊兒。

珊蒂露出微笑。「法蘭西絲卡，明天妳還是把貓留在家裡比較好。」

43

當天下午，我見到了我的劊子手。

因為沒有牙齒，我向來不太理解人們對牙醫師抱持的那種恐懼。我無意間聽過人們提到「根管治療」和「蛀牙」，可是在樹的世界裡，那些詞彙的意義是不一樣的。

看到砍樹的工人和他們的配備後，我了然於心。

當一輛載著強力電鋸，還有樹樁磨碎機（這名字真不吉祥）的卡車出現時，你就知道自己有麻煩了。

我稍微解釋一下，樹藝師是樹的好朋友。就跟人得剪指甲和頭髮一樣，我們也需要修剪枝葉，可是對我們來說，一年只需要修剪一或兩次就可以了，而且，那叫作「修剪」。

每次我好好修剪過後，總是感覺自己特別優雅。

可是修整儀容是用特別的剪刀完成，看起來像巨大的剪刀，在比較長的一端有小小的鋸子。通常不會出現「樹椿磨碎機」。

三個戴著橘色硬頭盔的男人出現在法蘭西絲卡家的門邊，宣稱他們來自「樹木終結者公司」，眼看情勢並不太好。

「我要在那些蠢帽子上進行轟炸。」邦加兒喃喃自語。

「不，邦加兒，」我說，雖然她提出的主意其實很吸引人。「我們等著看看，會發生什麼事吧。也許他們只是來做一點修剪。」

「你真的是個樂觀主義者呀。」

法蘭西絲卡領那幾個男人走了過來（這次她沒帶路易斯和克拉克），他們討論了費用與時間。

沒錯。他們正在一邊討論如何砍掉我，同時一邊享受我可愛的枝幹提供的樹蔭。

言談中不帶一點傷感。

其中一個男人（自我介紹說自己叫戴夫）架了梯子，爬上來看看我的樹洞。愛格絲、毛毛蜘蛛，以及大你全都警戒的看著他，準備要捍衛自己的寶寶。

「夫人，妳這裡有些小動物唷。」他說明。

「對呀，對呀，我知道，」法蘭西絲卡說：「每年都像上了發條一樣準時出現。」

邦加兒往上飛到愛格絲附近一個位置。「轟炸一次就好。」她屏著呼吸說：「隨便啦。」

「像這種狀況，我們通常會建議在深秋時再砍樹，比較不會打擾到任何鳥巢。」

「我考量過了。」法蘭西絲卡點點頭，手插在腰上。「動物和鳥類每年的五月一號都會逃走。你知道的嘛，許願日。」

戴夫搔搔長滿鬍碴的下巴。「許願日？」

「人們許下願望，把願望放到樹上。動物和鳥類不喜歡這些噪音。如果你可以在明天下午進行工作，時間會很完美。你們週六工作嗎？」

「當然當然。」戴夫搖搖頭。「許願日，」他自言自語。「我增長見聞了。」

法蘭西絲卡點點頭。她拍拍我的樹幹。「哈。真是瘋了。不敢相信我竟然忍受了這麼久。」

44

當天傍晚不久，法蘭西絲卡造訪了藍色和綠色的屋子。

我遮蔭的屋子們。

一間有黑色的門。一間有棕色的門。

一間有黃色的信箱。一間有紅色的信箱。

她敲了兩扇門，解釋她準備怎麼安排。

兩對爸媽都表示了解。他們對我要離開感到很抱歉。可是聽到許願日終結也鬆了一口氣，不是嗎？而且我的消失意味著他們的客廳會有更多陽光，腳下的橡實則會變少。

「好吧。至少讓我轟炸一下那兩對父母。」邦加兒抱怨。「更多陽光！神經有毛病呀！那氧氣變少怎麼樣啊？人類，世界變醜又如何？」

「謝謝妳幫我說話，邦加兒，」我說：「可是不要轟炸啦。」

莎瑪和史蒂芬就不是那麼理解了。

他們在法蘭西絲卡穿過草坪時追著她跑。莎瑪穿上了毛衣。「聽我們說，」莎瑪說：「妳不能砍掉那棵樹！」

「我不能嗎？」法蘭西絲卡問道：「為什麼呢，親愛的？」

「因為，」史蒂芬說，一面喘著氣。「它是活的。」

「我知道啊，」法蘭西絲卡說：「那是樹的共同特徵。」

她停頓了一下，向下看著莎瑪脖子上綁的緞帶。「咦？我認得那把鑰匙耶，」她說：「我記得那條緞帶。」

「是一隻烏鴉送我的。」

「真的假的？真是聰明的鳥兒呀，烏鴉。」

莎瑪將頭上的緞帶取下來，把鑰匙交給法蘭西絲卡。

「噢，我不要那個舊東西啦，」她說，把鑰匙又交給莎瑪。「妳可以留著。那只是讓我想起……這不重要。曾經有一把鑰匙可以打開一本日記。我的曾曾祖母玫芙搬來這裡後，一直寫日記。」

「原來是這個用途啊。」莎瑪說。

「在哪裡？」史蒂芬的聲音。「那本日記？」

「閣樓吧，也許。或者不是。可能在莎瑪家後面的小屋裡。那裡堆了很多老家的東西。」她露出疲憊的微笑。「除非那些東西都漂走了。後院現在很溼。那也是為什麼這棵樹該跟我們說再見了。」

莎瑪抹掉臉上的眼淚。「妳不懂。這棵樹……簡直就像是一個人。」

「妳這麼說真是溫暖，」法蘭西絲卡拍拍莎瑪的頭。「可是寶貝，它只不過是一棵樹而已。」她堅定的說。

「現在，我要去餵路易斯和克拉克了。我從這麼老遠都聽得見牠們抱怨的聲音。而且明天還有忙碌的一天等著我呢。」

她準備要離開的時候，史蒂芬站到她面前。「在妳離開以前，」他說，聲音非常堅決。「聽聽看就知道了。」

他轉向我。「說話呀！」他下了指令。

「樹，拜託！」莎瑪哀求著。

我保持沉默。

還有什麼好說的呢？

法蘭西絲卡的眼光從史蒂芬移到莎瑪，又再移回史蒂芬身上。「孩子們，」她說：「也許是那些電動遊戲讓你們想東想西。」

「樹，講話呀！」史蒂芬說。

靜默無聲。

「它會講話，」莎瑪告訴法蘭西絲卡。

「真的。它告訴我們關於玫芙的故事。」

有那麼一瞬的時間，法蘭西絲卡猶豫了。她看著我。「你是在比喻吧，當然啦，樹好像在跟你說話，樹葉在輕聲低語，如此之類的。」

「它告訴我們關於樹洞的事，還有那個寶寶。」

法蘭西絲卡眨了眨眼睛。「寶寶。」

「對呀，」莎瑪說：「被遺棄的寶寶。」

法蘭西絲卡又停頓了一下。「當然啦，我從前講過那個家族故事吧。你們可能是從鄰居那裡聽來的。」

史蒂芬搖搖頭。「我們是從樹那裡聽來的。」

「噢，我的老天，」法蘭西絲卡說。她的手在臉前揮一揮。「快把我搞瘋了，你們兩個。我真高興我已經脫離育兒的日子了。聽著，回去好好睡一覺，懂嗎？不然也許該去看心理諮商了。」

法蘭西絲卡用最快的速度穿過草坪，鞋子上沾滿泥巴。

「法蘭西絲卡？」史蒂芬叫著。

「親愛的，那只不過是一棵樹而已。跟我說一遍：只是一棵樹。」

「我在想……我們可以去找那本日記嗎？」

她越過肩膀向後張望。「玫芙的日記嗎？請便，如果沒有泡在水裡的話。」她揮起手掌。「不過……別再講什麼跟樹有關的瘋話了。聽見了嗎？」

法蘭西絲卡回到她的屋子以後，史蒂芬和莎瑪用指責的眼神看著我。

「你剛才為什麼不講話？」莎瑪質問。

因為那樣太傻了。

因為我之前不應該說話的。

因為……

史蒂芬和莎瑪看起來一副被打敗的樣子，拖著腳步走了。還沒有走遠，莎瑪忽然停下腳步，轉身面向史蒂芬。

「今天發生了一件事，」她說：「學校的人都很……奇怪。他們好像在談論我，竊竊私語，甚至還傳紙條。」她的眼睛瞇了起來。「你沒有告訴任何人吧，有嗎？關於昨天晚上發生的事？」

「當然沒有。」

「不曉得現在到底是什麼狀況。」

「可能是妳多想了吧。」

「我不認為。我是說，我已經習慣別人談論我了，他們很壞心，可是這次不一樣。」

「事情不一定是看起來那個樣子。」史蒂芬露出同情的微笑。「走吧，我們去看看那間小屋。」

我看著他們兩個走向莎瑪家的後院。他們正在聊天、大笑。他們正在變成朋友，也許。

歸根究柢，說不定我的行動沒有那麼傻。

45

樹不睡覺，不像人類或動物那樣。

可是我們會休息。

不幸的是，那天晚上我根本沒辦法休息。

關於即將到來的下一天，我充滿疑問，當然是這樣。

不過最主要的，還是因為我一刻也不想錯過我即將失去的生命。

我想要啜飲星星。

我想感受貓頭鷹寶寶毛茸茸的翅膀。

我想在夜晚結束以前，把鬚根伸展得再遠一點點。

我想要沉浸在安靜的思考中，關於生命，關於愛，還有所有一切代表的意義。

我想要想一些大道理。

「我在想，」我對邦加兒說：「煩惱明天如何根本毫無意義。它很快就會到來。」

「紅啊。」邦加兒說。

「太多睿智的老樹長談了？」

邦加兒停頓下來。她看了我很久。

「永遠不會，」她說：「睿智老樹說的話，永遠、永遠不嫌多。」

邦加兒把自己安頓在本壘。世界安靜又沉著。

「想聽一個樹笑話嗎？」我問。

「好笑嗎？」

「可能不好笑。」我承認。

「那也許我就不聽了。」

「樹最不喜歡一年的哪一個月？」

「我不知，哪個月？」

「九月。」我停頓了一下。「因為，妳看嘛——」

「紅，」邦加兒打斷我。「就跟平常一樣，不用解釋啦。」

後來我們就沒有說太多話了。原來我不需要談論生命、愛，還有所有的一切究竟代表什麼意義。

光是望著滿天星斗就已經足夠了，嗅聞潮溼的泥土甜美的氣味，聆聽我能夠安穩保護的那些小傢伙們的心跳聲，至少再一個晚上。

9 九月的英文是September，拆成sep和tember後的變異字是指「半——樹木」，紅用諧音與自己現在的處境開玩笑。

46

週六早晨乾淨涼爽的揭開序幕。太陽還沒露臉，動物和貓頭鷹就已經離開我安全的枝幹了。

每個家庭都找到一個新家，全部都在附近同一個街區的樹上。臭鼬決定繼續待在門廊下。知道大家都會留在這個社區，讓我很欣慰。

他們一個接一個，輕輕用鼻子碰碰我，低聲道別。寶寶們抽動鼻子，尤其是哈洛德、玫瑰花瓣和手電筒。爸爸媽媽試圖裝出勇敢的表情，可是顫抖的聲音洩漏了他們的感受。

真是太糟糕了。不過我很高興自己撐過去了。

我向來都很討厭說再見。

邦加兒堅持要陪我迎向苦澀的結局。

我知道最好不要跟她爭辯。

早晨六點，史蒂芬和莎瑪已經一起坐在莎瑪家的前廊。

到了七點，珊蒂和麥克斯也到了。他們把車停在對街，坐在巡邏車裡喝咖啡、吃甜甜圈。

到了八點，三位當地的記者抵達，他們配備了麥克風和花俏的設備。拍攝了「滾開」的塗鴉，談論這兩個字的意義，以及這件事怎麼改變了社區的氛圍。

他們也談論了我，命運注定的許願樹。

我不喜歡「注定」這個詞。

可是我得承認，這是正確的報導。

法蘭西絲卡八點半到，拿著一杯茶，拖著一座小木梯，就是她每年幫許願的人們準備的同一座梯子。她回家，然後用牽繩拉路易斯和克拉克出來。

他們並不合作。

然後許願活動開始了。

一個還在學步的嬰兒坐在爸爸肩膀上，把手伸得很高。

一位老婦人，由兩個年輕女孩協助。

鄰居一個接著一個來，這麼多年，其中許多人我都看過。

願望接著願望接著願望。

有些寫在彩色碎布上。

很多寫在紙上，用緞帶或繩子綁住。

有幾隻襪子。

兩件T恤上衣。

一件內褲。

一開始，人們一小群一小群過來，或者一個接一個。可是後來就不一樣了，從三三兩兩，變成絡繹不絕的人潮。

很多是小學的小朋友，也有父母和老師。

幾十個小朋友。五十個。一百多個。

每個人似乎都拿著一張卡片。每張卡片上都打了一個洞，一條細繩穿過那個洞。

史蒂芬跟他們許多人擊掌。他擁抱了校長，跟老師揮手。

莎瑪只是繼續跟爸媽一起坐在臺階上，臉上充滿困惑的表情。

孩子們一個接一個把願望綁在我身上。校長和助理，學校的警衛和老師，全都幫了忙。

我的枝芽從來不曾這樣沉甸甸。

我的心從來不曾這樣充滿了希望。

因為每個孩子、每個鄰居，還有每個陌生人在我身上綁上願望時，都看著莎瑪和她爸媽，他們一起說著同一件事：

「留下來。」

47

一小時內，我全身上下就鋪滿了「留下來」這個詞。更多願望卡躺在我底下的地面上，像花朵般堆疊。這些願望一路堆到門廊上、欄杆上，還有人行道上。

長了兩百一十六圈年輪後，我以為自己什麼都見識過了。

結果呢，你永遠都有可能見證讓你更驚奇的事。

很快的，一切就真相大白，「留下來」的願望是史蒂芬的主意。在老師的幫忙下，全班同學前一天上學時用了大部分的時間，祕密製作出那些許願卡。這個計畫流傳得很快。不久，整間學校都加入了。

「這是你的主意嗎？」莎瑪問史蒂芬。

「我有很多幫手，」他說：「我們竟然完全瞞過妳了，真是奇蹟。」

莎瑪瞥向她爸媽。「我不曉得這能不能改變任何事。」

史蒂芬看向他爸媽。「我也不曉得。」

「還是謝謝。」莎瑪說：「謝謝你的努力。」

史蒂芬正要回答，不過，就在這個時候，樹木終結者公司的卡車出現在一旁。

故事就要來到尾聲。

這個嘛，依然是個美麗的故事。能夠見證像今天這樣的一天，我究竟有多麼幸運？

可是史蒂芬和莎瑪沒有這麼容易放棄。他們直接跑向法蘭西絲卡，她正忙著移開抱住她右腿不放的兩隻貓咪。

「拜託，」莎瑪懇求。「妳一定看得出人們多愛這棵許願樹。請妳別砍掉它。」

「孩子，」法蘭西絲卡堅定的說：「是時候了。」

史蒂芬從夾克的口袋裡抽出了什麼。是一本小小的皮革日記本。

「你找到了呀，」法蘭西絲卡說：「在小屋裡嗎？」

「沒錯。」史蒂芬說，一面將破破爛爛的日記本遞給她。

「有點受潮。」法蘭西絲卡說。

莎瑪將鑰匙遞過來，長長的緞帶垂吊著，她把鑰匙放進法蘭西絲卡的手掌心裡。「妳應該讀一讀。」

「之後吧。」

「現在馬上吧？」史蒂芬催促她。

法蘭西絲卡嘆了一口氣。「你們這些孩子，需要找別的事做，知道嗎？」

她將鑰匙插進銀色的鎖中，日記本「喀」一聲開了。頁面黃黃的，墨水都褪色了。「讓我猜猜。上面寫到了一棵會講話的樹。」

「事實上，是關於這個社區的故事，」史蒂芬說：「關於我們。」

「拜託！」莎瑪說。

「親愛的，這不會改變任何事。」法蘭西絲卡說。

「拜託。」史蒂芬說。

「噢，好啦。」法蘭西絲卡露出不耐煩的神情。「等那些砍樹的傢伙們架好機器還需要一些時間。好吧。我會看一下。到時候你們就會留一點清靜給我了。」

法蘭西絲卡把路易斯和克拉克拖在身後，走到莎瑪家的門廊下，坐在臺階最上方，開始讀起來。

48

要砍掉一棵大樹並不容易。

需要縝密的計畫，還有知道自己在做什麼的人。

我看過附近的樹被砍掉。我知道怎麼進行。

珊蒂和麥克斯將人群移到安全的距離外，史蒂芬的爸媽和莎瑪的爸媽都從各自家的門廊觀望。同一時間內，砍樹的工人一邊討論，一邊將繩索綁在我的樹幹上。

一個男人和一個女人搬來一臺巨大的電鋸，後面是樹樁磨碎機。

磨碎機看來有點像……應該說，非常像一隻飢餓的動物。

「那些小動物全都離開了嗎？」戴夫對法蘭西絲卡喊道。

「一隻也沒看到。」她回答。

戴夫爬上一座梯子，用力朝我的樹洞張望。他好像沒注意到邦加兒，她躲在貓頭鷹之前的巢裡最深的地方。

我很有耐心的坐著，等待我的命運，我身旁的世界則繁忙的運轉著。看來，有一大群人，包括老鄰居和新朋友們，全部聚集在一起，就為了送我離開。

靠近人行道旁，有些小孩正在製造音樂。

我不曉得那算不算好音樂。但絕對肯定的是：那是很吵的音樂。

我發現那是邦加兒喜歡的車庫樂團。

整件事幾乎像是一場派對。一場歡送派對。

就在這兒，圍繞在我身旁的一切，這個狂野、糾結，色彩繽紛的花園。

這樣離開世界也不算太壞嘛，我決定這麼想。

一點兒也不壞。

49

戴夫用擴音器大聲呼喊，提醒群眾站到剛剛架設好的柵欄後方。

「朋友們，這可是一棵大樹，」他說：「大樹倒下時，我們不希望任何人一起倒下。」

「邦加兒，」我用一種她才聽得見的聲音說：「妳需要找個安全的地方。妳聽見了，我是棵大樹。妳不會想在我倒下的時候擋路。」

「我哪兒也不去，」她用一種固執的低語回答：「別擔心我了，我會沒事的。紅，我要和你待在一起，沒得商量。」

戴夫轉向他那幫工人。「好吧。趕快解決。」

「拜託，邦加兒。」我說，語氣輕柔卻急促。

鋸子靠得更近了。

我等待著，預期即將聽到電鋸引擎痛苦的怒吼。

可是，反而有個又小又尖銳的聲音出現在空氣中，一種混合了小狗哀哀叫和小貓咪嘶吼的聲音。

是一隻負鼠寶寶。

此刻，衝過廣大人群，穿越泥濘的草坪，經過戴夫和他的團隊，繞過龐大的電鋸還有樹樁磨碎機，最後成功爬上樹幹，不是其他動物，正是手電筒。

他逕自爬到以前住的樹洞，然後坐下來，小小的頭從洞裡探了出來。他不停的喘氣、發抖和打嗝，可是似乎沒有昏倒。

「我想念你，紅，」他說，聲音小到只有邦加兒和我聽得到。

「快停下電鋸！」戴夫大吼：「有隻該死的小動物剛剛爬上樹幹。」

邦加兒從樹洞裡出來。「小閃！」她發出嘶嘶聲。「你不能在這裡！太危險了。他們正準備要……你知道的呀。」

「你還不是在這裡。」小閃指出這一點。

毛毛蜘蛛快速穿過草叢，她的寶寶們尾隨著。她直接進到樹洞裡，一面責罵小閃，一面抱緊他。

天空中，小哈洛德突然現身，他瘋狂的拍打翅膀，就像隻毛茸茸的蝴蝶。愛格絲和其他寶寶們跟在後面。他們在舊家待穩了，彷彿從來不曾離開。

邦加兒移到本壘，把空間讓給貓頭鷹。

「你」一家接著抵達，信步穿過草坪。最後加入的是臭鼬家，他們爭先恐後爬上我的樹幹。

七隻負鼠、四隻浣熊、五隻貓頭鷹，還有六隻臭鼬分別從各自的家，或搖搖擺擺，或

一溜煙，或衝，或拍著翅膀飛來，只為了要替我送行。

我的居民們。

我的朋友們。

群眾很高興，人們鼓掌、歡呼，還有大笑。

急著想看一眼的法蘭西絲卡，不小心放開了貓咪的牽繩，路易斯和克拉克溜掉了。

他們直接奔向我，攀上我的樹幹，加入大家的行列。

這並不代表一切都很完美。動物寶寶和媽媽們都在抱怨，只是聲音輕到沒有人類聽得見。

「唉唷！」熱奶油爆米花喃喃自語。

「你的尾巴跑到我嘴裡了啦！」其中一個你喊著。

「你聞起來像臭鼬！」某個誰這樣抱怨著。

「我本來就是臭鼬啊。」傳來這樣的回答。

「媽媽，」哈洛德問：「我應該怕貓嗎？」

「平常應該怕，」愛格絲說：「可是今天不用。」

費了一番工夫，最後大家整團全部一起安坐在位置最高的願望條上方。他們平靜的望著底下目瞪口呆的人群。

其中一個砍樹的人拿掉頭盔，搔了搔頭。「怎麼可能有這種事，」他對戴夫說：「那些動物不會自相殘殺嗎？」

「瘋狂的奇蹟。」另一個工人說。他拿出手機。「我要貼到臉書上。」

很多人好像也有同樣的想法。相機喀嚓喀嚓。記者不管那些柵欄，全部衝過來，將麥克風伸得老長，好像想要採訪那些動物。

向來很愛演的邦加兒樂得配合。「拜託，給我洋芋片。」她對底下揮舞的麥克風說。

戴夫很無助的對法蘭西絲卡做出手勢。「夫人，這座動物園是怎麼回事？這樣我們要怎麼砍樹？」

法蘭西絲卡一邊抹掉眼淚，一邊站起來。她將手臂環抱史蒂芬和莎瑪。然後一起緩緩穿過沾滿泥巴的草地。

法蘭西絲卡走到我身邊時，從玫芙的日記裡抽出一張什麼，才把書交給史蒂芬。那是一小塊藍條紋的布條，已經磨損、褪色了。

那是玫芙的願望。

法蘭西絲卡小心翼翼的將布條綁在我最低的樹枝上，那根樹枝早就擠滿其他人的願望。她靜靜看著那群動物很久。

路易斯和克拉克發出愉快的喵喵叫。

人群安靜下來。只剩下我的樹葉沙沙作響。

最後，法蘭西絲卡終於開口說話了。「聽著，我不準備演講，那不是我的風格。」她拍拍我的樹幹。「可是情況是這樣的，在今天以前，我幾乎要忘了這棵老樹對我的家族有多麼重要。現在看來……」她指著我的居民們，「對另一些家庭也同樣重要。」

很多人都露出了微笑。有幾個人甚至笑出聲音來。

「我討厭這幾個字，」法蘭西絲卡繼續說，她的手拂過我被刻上「滾開」的樹皮。「討厭得不得了。我的曾曾祖母玫芙一定也跟我一樣厭惡。在這個社區，我們可以做得更好。」她望向莎瑪的爸媽。「在這裡，我們不威脅人。我們歡迎所有人。」

法蘭西絲卡伸出手來握住莎瑪的手。「這棵樹要留下來。希望你們一家也是。」

50

當天夜裡，人潮散去好幾個小時以後，莎瑪又從小藍屋的前門溜了出來。一直從臥房的窗戶旁觀望的史蒂芬，不久也加入她。他們坐了下來，安安靜靜的，就在我掛滿了願望的樹枝底下。

一陣微風讓許願卡像巨大的蛾那樣翻飛。看起來好像到處都灑滿了月光，在那些願望條上，在我的樹枝上，在貓頭鷹寶寶們柔軟的小腦袋，也灑在史蒂芬和莎瑪向上凝視的目光裡。沉浸在柔和的銀色光線中的我們，多麼美麗。

「你們家會留下來嗎？」史蒂芬問：「發生了這一切以後？」

「我不知道，」莎瑪說：「希望如此。」

微風揚起。卡片發出稀稀疏疏如對話般的聲響。緞帶飛舞。

有一張從筆記簿上撕下來的廢紙，用紅色紗線鬆鬆的綁在我最低的枝芽上，散開飛走了。

莎瑪在那張紙飛過身旁時伸手抓住它。她瞇著眼睛看著紙上潦草的字跡。然後站了起來，小心的將那張紙綁回我的樹枝上。

「上面許了什麼願？」史蒂芬問。

「一個會幫忙寫功課的隱形機器人。」

「好像不太可能實現。」

「真的。」莎瑪靠在我的樹幹上，笑了。「可是話說回來，一棵會說話的樹也是啊。」

51

如果這是童話故事，我會告訴你許願日是有魔法的，這個世界改變了，我們從此全都過著幸福快樂的生活。

可是，這是真實世界。

真實世界，就像一座好花園，永遠都是亂糟糟的。

有些事情改變了，有些事沒變。不過，我是個樂觀主義者，我對未來仍然充滿了希望。

莎瑪的爸媽決定不搬家，至少暫時不打算。

史蒂芬和莎瑪變成好朋友。有時候他們會在我的樹幹底下一起寫功課。

他們的爸媽還是不跟彼此交談。

我不確定會不會有那麼一天。

警方從未找到那個在我的樹幹上刻了「滾開」的男孩，可是幾週前，我看見他閒晃走過，我指給邦加兒看。

她那天做了一場超級大轟炸。

我的居民們全部回到原本所屬的地方，安全的待在各自的樹洞裡。

偶爾還是會吵架。可是還沒有吃掉過彼此。

法蘭西絲卡向市政府提出申請，讓我成為「受保護樹木」，意思是我永永遠遠都會受到保護。

她現在也跟一位當地的水電工很熟，正一起想辦法處理我綿延不斷的鬚根。

路易斯和克拉克還是不懂要怎麼跟著牽繩走。

邦加兒交了一位新朋友，名叫「哈利．大衛森」。我猜，未來不久就要迎接烏鴉小寶寶了。

至於我呢，我答應邦加兒以後再也不會多管閒事。我告訴她管東管西的日子已經結束了。

不過嘛，我們不就這樣，你和我。

我還能說什麼呢？畢竟我比大多數的樹愛說話。

話說回來，如果在某個感覺特別幸運的一天，你站在一棵看起來特別友善的樹旁，不妨認真傾聽一下。

樹不太會說笑話。

不過，我們很會說故事。

作者致謝

我永遠感激以下這些了不起的朋友們，你們幫助了《許願樹》的完成：令人驚嘆的雍．亞傑德——麥克米倫童書集團的總裁，還有琴．費威——傑出的Feiwel and Friends出版社的夥伴，謝謝你們提供了我一座包容與接納的花園。

還有天才團隊里奇．迪亞斯——資深創意總監；莉茲．追斯納——資深設計師，還有查理斯．聖多索——最出類拔萃的插畫家，謝謝你賦予紅的世界美麗的生命。

詩妲．貝爾，我很棒的製作編輯，謝謝妳的溫柔、愛心與關懷；還有葛雷妮．巴托斯，我聰明的文字編輯，謝謝妳總是知道何時是修剪故事的最佳時機。

優秀的艾莉森・費洛斯特、凱特琳・史威尼、瑪莉・凡艾金、羅伯特・布朗，還有提艾拉・奇特羅、MCPG的行銷與公關團隊，謝謝他們無以倫比的熱情，幫助許多書本一季接一季的成長，生生不息。

麗莎・里奇博士，我親愛的、充滿智慧的朋友，還是植物的萬事通。

艾蓮娜・奇奧凡納佐，我在Pippin公司無人可以比擬的經紀人，謝謝她不論在何種天候下，都全心全意的支持。

最重要的是，要不是有莉茲・札布拉，事情就不一樣了，妳擁有最綠的編輯綠手指，是妳提供了無盡的智慧和養分，這則故事才得以開花。在出版這片野生糾結的彩色花園裡，妳真是瑰寶。

最後，我關於園藝的比喻已經快要用光了。我將所有的愛與感謝獻給我美好的家人們，尤其是我的孩子們，傑克和茱莉亞，還有我的丈夫麥可。你們是我所能盼望的最美的一切，甚至還要更多。

名家推薦

一棵會說話的樹，你聽得見嗎？

邱慕泥（恋風草青少年書房店長）

「友誼是怎麼開始的？」是一個簡單又複雜的問題。人與人之間因為種族、信仰、價值觀念的不同，偶爾有著歧見。但渴望交朋友、渴望傳遞友誼之情的心，人人皆有。怎麼開始？也許要一點點機緣。許願樹，願意提供這樣的機緣。一棵會說話的樹，你聽得見嗎？靜下心來，專心聆聽，也許奇妙的事就會發生在你的身邊。

一棵願意協助人們達成願望的許願樹、一本充滿哲理的故事，讓我們再次審視人與人之間、人與大自然的關係，是如此微妙，如此令人驚奇。與孩子一起讀這本書吧！一起思考書中提出的問題。

名家推薦

原來自己就是最靈驗的「許願樹」

羅怡君（親職溝通作家）

你也曾許過願吧！不論是向自己信仰的神，或者傳說中的神木、巨石，繫上寫下心願的一塊布條或紙片時，總覺得特別平靜幸福。畢竟人生多數時候誰也幫不了誰，即使身旁親近的人備受折磨，我們想做些什麼，也完全無法幫上忙，因此我們只能許願，將自己的心意寄託在一個未來的希望，祈求還沒發生的事，總是有機會實現。

不過你曾想過這些問題嗎：我們生而為人，會說話、能行動，如果做不到或無法改變的事，那麼，不能動的樹或石頭，又如何能完成什麼呢？萬一收到某些充滿威脅、帶有惡意的願望，應該被一視同仁的實現嗎？

《許願樹》正是一本以紅橡樹「紅」的視角自述的故事，幽默有趣的口吻緩緩道來一棵樹的生命故事。這棵樹每年都得收下無數個願望，不過「從來沒有」許願要成為許願樹，許願的活動讓「紅」活像被超大桶垃圾從頭倒下來，整身花綠雜亂的碎布和紙條，裡頭的願望更是千奇百怪、無所不有。

不過正如「紅」所說的：「樹會傾聽。這不代表我們有選擇。」他默默的接受這一切，直到某個男孩，以刀片用力將某個字刻在樹皮上。

那個字就是：滾開（Leave）。作者安排葉子的同音字，彷彿暗喻著，生命某個時刻就應該離開枝頭。包著頭巾的莎瑪一家人搬來之後，其他人不斷因懷疑、害怕而產生騷擾和排擠，連「紅」也必須用受傷的樹皮承接這樣的字眼；幸好身為一棵百年老樹，大自然教了「紅」很多事，比如說時間會撫平所有傷口，當有些不那麼好的事情發生時，**那些時刻，除了筆直站穩、向下扎根，你能做的其實並不多。**

社區的恐慌騷動，讓樹的擁有者法蘭西絲卡決定在今年許願日之後砍掉「紅」；氣氛愈來愈緊張的同時，莎瑪某個深夜獨自跑到樹下許了「想要朋友」的願望。即將面臨死亡的「紅」，重新檢視自己的過去，決定不再那麼被動，想為自己愛的世界盡最大努力：他要打破大自然的規則，開口對人說話，幫助莎瑪交朋友。

作者功力深厚，不說教，不斷用豐富的對話與故事情節，讓我們從「紅」的身上想起自己：原本覺得自己無法做什麼的心態，像不像人類被束縛僵化的內心呢？覺得自己「不能做」哪些事、認為自己只能默默接受這一切？而「紅」決定冒險對人說話，並透過動物好友們團體合作，主動積極製造情境、讓莎瑪與鄰居男孩史蒂芬發展友誼。這些情節，也向我們一再示範為了傳遞愛與友誼，不斷突破自己、改變現況的行動決心。

「人類究竟如何成為朋友呢？那到底有多難？」

「我想對這兩個人說說話！我想告訴他們友誼不需要這麼困難，有時候，是我們放任這個世界讓友誼變得困難。我想告訴他們：要繼續對話。」

莎瑪與史蒂芬一起聽見了樹說話的奇異經驗，開啟後續的互動與了解，再從兩個小孩身上擴染至同學、家庭，甚至最後也影響了「紅」的命運。

因為這個故事，我們有機會能像神一樣，從局外全觀的俯角，從一棵樹的記憶循線追溯一個家族史，再看見個體的行為如何牽動著群體的態度。在樹的眼裡，某些居民也曾是移居到此的「外來者」，多年以後，誰有資格說莎瑪一家人是應該離開的「外來者」呢？

《許願樹》不僅觸碰敏感的種族歧視議題，也間接含括人與自然的依存問題。人看似自由聰明，卻經常「不作為」，只想許願，過度輕忽自己的力量；另一方面又驕傲自大，輕率的決定其他生物的生死，一棵樹上的完整動植物生態，也許一夕之間就蕩然無存。

這到底，人的力量是大還是小呢？

讀到最後，或許你也會像我一樣重新定義「許願」這件事。許願應該是對自己的一種承諾、一種叮嚀，我們靠自己的自由意志與行動就能完成心中所想，這是生而為人最珍貴的禮物，千萬別浪費了啊！

專家導讀

當兩百一十六歲的紅橡樹開口說話

藍劍虹（臺東大學兒童文學研究所副教授）

正義感的萌發並不是源自觀看，而是源自於傾聽。

——《正義與差異政治》，艾莉斯．楊

凱瑟琳．艾波蓋特的《許願樹》是一部「舉重若輕」的作品，而且難得的以溫柔、輕盈來化解仇恨。

為什麼這麼說？因為《許願樹》關懷當前的沉重議題——對伊斯蘭教穆斯林族群的恐懼與仇恨。此議題自二〇〇一年「九一一事件」之後加劇演變，成了二十一世紀以來最觸動人心、蔓延全球的問題。故事處理某個穆斯林家庭搬入了其實也是由移民所組成的社區，所遭受到敵意與威脅的問題。如此主題無疑複雜、令人糾結乃至揪心，艾波蓋特卻獨闢蹊徑，沒有選擇寫實、沉重的筆調來描述現實狀況，而是選擇以希望來對抗恐懼與仇恨。讓一棵許願樹來作為敘事者，這棵兩百一十六歲的紅橡樹，打破亙古沉默，開口說話，並與一群有趣的動物，聯手要來實現穆斯林小女孩莎瑪的心願。以如此輕盈、溫柔的手法處理沉重議題，使得兒少讀者能輕易融入，並探入問題核心，化解與陌生族群、文化的隔閡，就如莎瑪許下的心願：「我希望有一位朋友。」

為何選擇一棵樹來說故事？讓樹開口說故事，就能處理宗教歧視、族群仇恨問題嗎？這是此篇小說的賭注所在，也是其成功之處。在輕盈、詼諧的筆法下，艾波蓋特沒有明言的是另一番歷史意蘊。這棵紅橡樹，書中名為「紅」，樹齡兩百一十六歲。為什麼是兩百一十六歲？作者於二〇一六年間書寫此書，往回推兩百一十六年，正是「紅」萌芽時，那年是一八〇〇年。

那時美國正經歷一次總統大選，選出來的第三任總統就是湯瑪斯・傑佛遜（一八〇一年上任）。他是《美國獨立宣言》和〈維吉尼亞宗教自由法案〉的主要起草人，後者更成為美國憲法第一條修正案的條文基礎。

這紅橡樹，可以說是人人生而平等，以及宗教、言論自由的精神表徵，因此作者由「紅」來訴說一個對抗族群與宗教歧視仇恨的故事。然而兩百一十六年後，「紅」表徵的精神卻正受到嚴重的斬傷和威脅：因為那是另一場總統選舉，候選人之一就是現任的川普總統，而他於當選後，二〇一七年一上任就接續簽署了兩道排外的行政法令（伊斯蘭禁令）。所以「紅」的樹齡，也是在召喚美國過往兩百多年，從擺脫英國殖民、經歷黑奴解放和黑人運動等一系列爭取人權自由的歷史，來對抗當前蔓延的族群恐懼與仇恨。小女孩莎瑪的心願——「我希望有個朋友」，無疑的，會讓人想起黑人運動領袖金恩博士的「我有一個夢」。

艾波蓋特書寫期間，伊斯蘭恐懼症正蔓延著，並隨著當時大選而加劇。

前此一年，二〇一五年三位穆斯林青年在北卡羅萊納州教堂山市的家中遭到行刑式槍殺……艾波蓋特於書出版後的訪談中直言不諱的指出，就是那充斥著對特定族群的排外仇恨言論，讓她下決心書寫此書。她在一穆斯林家中，甚至直接目睹一份報紙上的頭條，針對穆斯林移民，寫著要他們滾出美國的字眼：你們全部回家去吧（You Can All Go Home）。

故事中，一位不知名男孩則在「紅」的樹身上刻下「LEAVE」（滾開）。讓這棵表徵言論與宗教自由的橡樹再也無法忍受了。「滾開」，這是威脅，而不是心願！因此，「紅」打破了不可和人類說話的禁忌，決定開口向人說故事。喚醒那被遺忘的歷史：美國，事實上由來自世界各地的移民所組成。故事中的社區裡，從曾曾祖父母時期就講著不同語言：有中文、西班牙語、西非約魯巴語、英語和由不同語言混雜而成的克里奧爾語；吃著各地食物：墨西哥粽、印度水餅、非洲木薯糕和古巴風味的烤三明治……在「紅」的故事中，還可以聽到混合著義大利歌曲的古愛爾蘭歌謠，在這奇異迷人的混合中，傳遞著愛與希望。

人們知道樹會傾聽。「紅」作為一棵許願樹，傾聽一百多年來的人們心願後，在這次事件，「紅」感到困惑：「我們的社區歡迎過許多來自遠方的家庭。這次又有什麼不同？因為莎瑪的媽媽總是包裹著頭紗嗎？」於是他打破樹的沉默，介入行動，不再只是傾聽願望，而要實現莎瑪的願望。

作為說故事者，「紅」有兩個特別的地方。第一，這是傾聽者在說話。在此立場說話，才是正義感的發言。如當代女性政治哲學家艾莉斯．楊：「正義感的萌發是源自於傾聽……只有藉著傾聽，才能說話。」書中「紅」則嘲諷人類自視「說話」為其專長，然而人類最缺乏的就是傾聽他人。缺乏傾聽，是誤解、恐懼和仇恨的根源。

第二，「紅」說故事是為了要改變現實的仇恨狀況。說故事作為一種敘述技藝，並不只在於說出好聽動人的故事。其真正技藝所在，戲劇家布雷希特（B. Brecht）如此表述：「改造現實世界的首要條件，不在於如實的描述世界，而在於將世界描述為可被改變的。」艾波蓋特的《許願樹》正是這樣一本要將現實描述為可被改變的作品；要以輕盈撼動沉重。

就如文學理論家羅蘭．巴特所說，批判的目的在於實踐出一個「輕輕的撼搖」，那是比全盤破壞、推翻來得更加實際，因為那會使得貌似自然的現實外殼產生裂縫，使得看似自然合理的邏輯無法運作。「紅」所說的故事，道出其實每個人都是外來移民，也都混雜著不同的血緣而生，這使得「本土／外來」的對立和「種族同一性」的論述邏輯無法成立，從而解消這些貌似真實、理所當然的觀念。

《許願樹》當然沒有因為其議題和批判性，而變成嚴肅說理的故事，不，截然相反的，這甚至是一部妙趣橫生的故事。因為，有著各樣的動物族群圍繞著「紅」，有時你甚至會以為這是本兒少讀者最喜愛的動物小說。這群動物雖各自施展技能協助「紅」的計畫，但是絕沒有任何誇大神奇的成分。動物的感受平凡且動人，就如我們每個一般人一樣，以我們各自不同的平凡才能幫助莎瑪實現心願。

此外，這些動物各自殊異的命名方式相當有趣。所有的紅橡樹都叫「紅」、所有的糖楓樹都叫作「糖」。臭鼬是以香氣命名，比如有隻臭鼬叫作「玫瑰花瓣」，另一隻則叫作「剛出爐的麵包」。負鼠膽小，則以害怕的東西命名，比如「毛毛蜘蛛」和「小閃電」。浣熊媽媽善忘，幾隻小浣熊則統統叫作「你」、「你」、「你」和「你」。故事中最搶眼、聰明的烏鴉，則是興致一來就會改個名字，有隻換了十七個名字。有的從喜歡的東西，如「易開罐」、「死老鼠」或飛行技術「側翻」、「死亡螺旋」來取名；有的以喜歡的顏色、聲音命名，像是「茄子紫」、「風鈴」和「碎碎念計程車司機」等。

這顯然已經超出生物學範疇。「命名」是文化範疇，不同命名方式首先彰顯不同文化脈絡差異。其次，命名的多樣化給出自由流動的個體概念。這些動物活潑了整個敘事，也讓我們看到不同族群、社群共存的生動面向。其間的對話堪比小小的動物哲學話語，應多細思量。此外，他們與「紅」的共存，也點醒了前述獨立宣言的隱藏問題。宣言指出：人人生而自由、平等。但是，句中所言的「人人（All men）」是有很大問題的。因為這個所謂的「人人」首先並不包含黑人：起草人傑佛遜本人家中就有數百個黑人奴隸，他們沒有被包含在內。其次，也不包含女性。美國女性要遲至一九二〇年才有投票權。最後，美洲原住民族印地安人更不包含在內！所以，「人人」指哪些人？就只有白種人、男性。

所以要留心提防那些以「所有人」開頭的句子。這種共同體是假的共同體，因為那是同質性的共同體。這正是不平等和不正義的起源。以「同質性」來召喚的共同體概念，才是壓迫的根源。真正的共同體是異質，存在著各種社會群體的差異。對差異的真正尊重，就是承認社會中存在著不同族群的文化差異性，而絕非宣揚認同！從此角度回過頭來看在「紅」這棵大樹上的不同動物族群，就可以了解：他們表徵著共同生活領域中有著性質殊異的生活群體。

這也呼應故事中來自各地的不同文化族群，更點出他們自身的混合異質性。就如那首百年多前傳唱的，混合著義大利和古愛爾蘭的稚趣歌謠。艾波蓋特以此突顯混合異質的重要性。在表徵自由與寬容的樹上增添一群異質混合的社會群體，以其異質性來驅退「非我族群」的同質性——恐懼、仇外排斥的根源。此外，也藉由非人類的物種，植物與動物，詰問也是兩百多年來，破壞自然生態的「人類中心論」。在最後動人一幕，插畫家查理斯．聖多索以細膩冷靜的優美筆調，畫出動物群聚在「紅」的樹椏上，集體凝視著我們人類的畫面。

艾波蓋特在此書喚醒美國社會實乃由眾多移民和其異質性所組成，而臺灣也一樣，甚至有過之而無不及：從最早南島原住民族、十七世紀開始來臺的閩南、客家語族、一九四九年之後大陸各地不同族群，以及上世紀九〇年代來自東南亞各國的新住民等移民所組成。需對我們自身的異質性有所反思。書寫此文時，臺灣也正在經歷一場總統大選，而我們是否還在以族群認同的名義進行恐懼，乃至仇恨的政治動員，來撕裂群眾呢？

書中所提的穆斯林族群在臺灣也日益可見，除了定居的六、七萬伊斯蘭教徒之外，新進有超過三十萬穆斯林移工、學生、旅客在臺灣。對這個世界第大二宗教、也是成長最快的宗教，我們常是陌生的，當開齋節在臺北車站遇到他們時，或是在學校、社區中，有許多東南亞移民的第二代孩子們，面對不同的服飾、裝扮、面容、語言、口音和習慣風俗時，我們該如何呢？

相信這正是傾聽這棵兩百一十六歲的紅橡樹說故事的時刻，也是傾聽他者和反思自身的時刻：我們都是渡海而來的移民，也都曾遭遇「LEAVE」的時刻，思考艾波蓋特所使用的這個雙關語：思考如何翻轉其仇恨意涵，使之成為「leave」（「葉片」），讓不同社群的每個人不再彼此仇恨，而都可以成為大樹上共生的每一片葉子。

艾波蓋特選擇紅橡木來說話，因為這是美國相當常見的樹種，她希望每個讀者都能容易在社區附近看到「紅」和傾聽其故事。紅橡木在臺灣雖然沒有那麼常見，但是臺灣有著更多樣化的樹種林相，訴說著不同的故事，提醒我們需傾聽不同他人的聲音與故事。

小麥田故事館 71
許願樹
Wishtree

作　　者　凱瑟琳・艾波蓋特（Katherine Applegate）
繪　　者　查理斯・聖多索（Charles Santoso）
譯　　者　黃筱茵
封面設計　莊謹銘
內頁編排　張彩梅
校　　對　吳伯玲
責任編輯　汪郁潔

國際版權　吳玲緯
行　　銷　闕志勳　吳宇軒　余一霞
業　　務　李再星　李振東　陳美燕
副總編輯　巫維珍
編輯總監　劉麗真
發 行 人　凃玉雲
出　　版　小麥田出版
10483台北市中山區民生東路二段141號5樓
電話：(02)2500-7696　傳真：(02)2500-1967
發　　行　英屬蓋曼群島商家庭傳媒股份有限公司
城邦分公司
10483台北市中山區民生東路二段141號11樓
網址：http://www.cite.com.tw
客服專線：(02)2500-7718｜2500-7719
24小時傳真專線：(02)2500-1990｜2500-1991
服務時間：週一至週五09:30-12:00｜13:30-17:00
劃撥帳號：19863813　戶名：書虫股份有限公司
讀者服務信箱：service@readingclub.com.tw
香港發行所　城邦（香港）出版集團有限公司
香港九龍九龍城土瓜灣道86號
順聯工業大廈6樓A室
電話：852-2508 6231　傳真：852-2578 9337
馬新發行所　城邦（馬新）出版集團 Cite (M) Sdn Bhd.
41-3, Jalan Radin Anum, Bandar Baru Sri Petaling,
57000 Kuala Lumpur, Malaysia.
電話：+6(03) 9056 3833　傳真：+6(03) 9057 6622
讀者服務信箱：services@cite.my
麥田部落格　http://ryefield.pixnet.net
印　　刷　漾格科技股份有限公司
初　　版　2019年10月
初版十刷　2024年1月
售　　價　320元

ISBN 978-957-8544-20-8

國家圖書館出版品預行編目資料

許願樹／凱瑟琳・艾波蓋特（Katherine Applegate）著；黃筱茵譯. -- 初版. -- 臺北市：小麥田出版：家庭傳媒城邦分公司發行, 2019.10
　面；　公分. --（小麥田故事館；71）
譯自：Wishtree
ISBN 978-957-8544-20-8（平裝）

874.59　　108014693